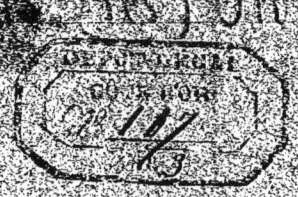

LES

PARISIENS EN PROVINCE

COMÉDIE EN QUATRE ACTES

Représentée pour la première fois, à Paris, sur le théâtre de Cluny,
le 7 avril 1883.

Imprimerie générale de Châtillon-sur-Seine, A. Pichat.

LES
PARISIENS
EN PROVINCE

COMÉDIE EN QUATRE ACTES

PAR

HIPPOLYTE RAYMOND & MAURICE ORDONNEAU

PARIS
TRESSE, ÉDITEUR
8, 9, 10, 11, GALERIE DU THÉATRE-FRANÇAIS
PALAIS-ROYAL

—

1883

PERSONNAGES

GRANDILLON	MM. Mesmaker.
CALISTE	Rosny.
LE COMTE DE CHAMBOUVIN	Boscher.
ANDRÉ MOULINIER	Court.
M. LESOURD	Vavasseur.
DES PLUVIÈRES	Moch.
PAJARON	Martin.
LE PÈRE PONTOIS	Vandène.
UN GENDARME	Rolland.
CLOTILDE	MMes Raymonde.
MADEMOISELLE DUTILLEUL	Irma Aubrys.
VALENTINE	Baumont.
SUZANNE	De Lozet.
VIRGINIE	France.
DENISE	Dunois.

Le premier acte à Paris, les trois autres en province.

Pour la mise en scène, s'adresser à M. Boscher, régisseur
général du théâtre Cluny.

LES PARISIENS EN PROVINCE

ACTE PREMIER

Un salon. — Porte au fond. — Portes latérales, au troisième plan. — Guéridon, canapé, sièges. — Cheminée avec glace. — Vases sur la cheminée. — Petite porte à gauche, premier plan. — Fenêtre à droite, deuxième plan.

SCÈNE PREMIÈRE

VIRGINIE, PAJARON.

Au lever du rideau, Virginie frotte les meubles, Pajaron achève d'allumer les lampes qui sont sur la cheminée.

VIRGINIE.

Ouf!... Je commence à en avoir assez de la petite soirée de M. Grandillon.

Elle s'assied.

PAJARON.

Et moi donc!... Si vous croyez que c'est agréable, quand on est troisième commis, d'être obligé d'allumer les lampes.

VIRGINIE.

Je ne pouvais pas tout faire.

PAJARON.

Non, mais le patron aurait bien pu prendre des domestiques de louage... ça se fait quand on reçoit... Vous verrez qu'il faudra que je fasse circuler les rafraîchissements, s'il y en a!

VIRGINIE.

Dites donc, monsieur Pajaron, savez-vous à quelle occasion cette soirée?

PAJARON.

A l'occasion d'un discours. Vous savez que le patron a cédé son fonds de marchand de blanc en demi-gros, et qu'il veut se retirer en province?

VIRGINIE.

Oui... eh bien?

PAJARON.

Eh bien! il veut faire ses adieux à ses anciens clients, et, à cet effet il a préparé un discours... oh! mais un discours!... il y a un mois qu'il y travaille.

VIRGINIE, ironique.

Ça doit être joli!

PAJARON.

Je me tords d'avance! Il a donc invité tous ses clients de Paris et de la banlieue,... il leur a fait croire qu'il y aura un souper...

VIRGINIE.

Un souper!... Ah ben! elle est bonne!... Un gâteau de riz et quelques biscuits!

PAJARON.

Et comme plat de résistance, le discours!

VIRGINIE.

C'est tout de même une drôle d'idée qu'il a, M. Grandillon, de se retirer en province.

PAJARON.

Je crois que cette idée ne sourit guère à madame Grandillon, ni à mademoiselle Suzanne.

VIRGINIE.

Il ne leur a pas encore dit où il voulait aller se fixer...
ces dames croient qu'il ne s'éloignera pas de Paris. Ah çà!
mais dites donc, bavard, vous me faites jaser... j'espère
que vous me donnerez un coup de main pour les rafraîchissements... Combien y a-t-il d'invités?

PAJARON.

Une trentaine... (Sortant un papier de sa poche.) Voici la
liste... ça commence à M. Caboche et ça finit à M. Lesourd.

VIRGINIE.

Lesourd!... ce nom!

PAJARON, écoutant.

Chut!... on vient!
Virginie se remet à frotter les meubles. — Pajaron la regarde faire.

SCÈNE II

Les Mêmes, VALENTINE, SUZANNE.

Valentine et Suzanne entrent de gauche, apportant des fleurs.

VALENTINE.

Suzanne, mets tes fleurs dans ce vase... moi, je garnis
l'autre. (Elles mettent leurs fleurs dans les vases qui sont sur la
cheminée.) Virginie?

VIRGINIE, frottant.

Madame?

VALENTINE.

Que faites-vous là?

VIRGINIE.

Je frotte, madame.

VALENTINE.

Et vous, monsieur Pajaron?

PAJARON.

Je surveille Virginie, madame.

VALENTINE.

Allez plutôt chez le glacier, qui est en retard.

PAJARON.

Bien, madame. (A part.) Employé, domestique et commissionnaire... Je cumule!

Il sort par le fond.

VALENTINE.

Vous, Virginie, allez vous occuper de vos gâteaux, à l'office.

VIRGINIE.

Tout de suite, madame. (A part.) J'attends justement mon fiancé... il aura du gâteau.

Elle sort de droite.

SCÈNE III

VALENTINE, SUZANNE.

SUZANNE.

A propos, belle-maman...

VALENTINE.

Je t'ai dit de m'appeler maman... ta mère ne t'aurait pas aimée plus que moi.

Elle l'embrasse.

SUZANNE.

Tu es bonne. Je voulais te demander... a-t-on invité M. André?

VALENTINE.

M. André?

SUZANNE.

M. André Moulinier, qui m'a tant fait danser le mois passé, chez les Blanchard; et la semaine dernière, chez les Rabineau.

VALENTINE.

Ce jeune homme? mais nous le connaissons à peine.

SUZANNE.

Il danse si bien!...

VALENTINE.

Ce n'est pas une raison, surtout pour ton père.

SUZANNE.

Oh! il a d'autres qualités... il est connu, aimé et estimé de tout le monde... des honnêtes gens comme des criminels.

VALENTINE, étonnée.

Des criminels?

SUZANNE.

Il est avocat!

VALENTINE.

Avocat!... C'est une circonstance aggravante pour ton père... Il ne peut pas souffrir les avocats.

SUZANNE.

Pourquoi?

VALENTINE.

Je l'ignore; il l'ignore lui-même. Tu sais, chacun en ce monde a sa petite antipathie... C'est instinctif; cela ne s'explique pas.

SUZANNE.

Alors, si M. André demandait ma main?

VALENTINE.

Ton père la lui refuserait peut-être, d'abord parce qu'il est Parisien.

SUZANNE.

Mais papa aussi est Parisien.

VALENTINE.

Oui, mais il a la prétention d'être un Parisien exceptionnel. Pour lui, tu le sais, Paris, c'est l'enfer, et tous les parisiens sont des monstres.

SUZANNE.

Mais d'où lui vient cette bizarre idée?

VALENTINE.

Elle lui vient de ce qu'on a beaucoup abusé de sa probité et de sa bonté. Il en a conclu que tous ses compatriotes sont des êtres essentiellement pervers.

SUZANNE.

Pauvre père!... heureusement il se trompe.

VALENTINE.

Ah! il ne faut pas s'aviser de vanter devant lui Paris et les parisiens!... il vous nomme tout de suite tel parisien qui a fait ceci, tel autre qui a fait cela... Les voilà, vos parisiens, s'écrie-t-il avec indignation, les voilà!

SCÈNE IV

LES MÊMES, GRANDILLON.

GRANDILLON, paraissant au fond, tenant un képi d'une main et un sabre d'artilleur de l'autre.

Les voilà, vos Parisiens, les voilà!

VALENTINE et SUZANNE.

Qu'y a-t-il donc?

GRANDILLON.

Je passais devant la cuisine... on y chuchotait... Je ne suis pas indiscret, mais quand j'entends chuchoter, j'écoute toujours : c'est plus fort que moi... Par malheur, un éternuement intempestif révèle ma présence... on se tait!... Je pousse la porte... frrrt! plus personne... on avait filé par l'escalier de service. (Brandissant le sabre et le képi.) Mais voici ce que j'ai trouvé... un képi et un sabre d'artilleur!... et l'on s'étonne que la réorganisation de l'armée marche si lentement!... Oh! les parisiens!

VALENTINE.

Mais, mon ami, ce soldat est peut-être un provincial.

GRANDILLON.

Raison de plus pour que je, m'indigne : Paris l'a perverti!... Est-ce qu'à la campagne on trouve des artilleurs dans les cuisines?

SUZANNE.

Mais, papa, il n'y a pas de garnison à la campagne.

GRANDILLON.

Heureusement!... Enfin, nous allons bientôt le quitter, ce Paris infernal où je suis heureux d'avoir fait fortune pour pouvoir le fuir à jamais!... Ah çà, mais nos invités n'arrivent pas... La voilà, tenez, la politesse parisienne! la voilà!

VALENTINE, à la fenêtre.

Mais, mon ami, il n'est que huit heures et demie... à l'horloge pneumatique d'en face...

GRANDILLON, d'un air de pitié.

L'horloge pneumatique!... jolie invention!... (Sortant sa montre.) A ma montre il est... huit heures trente-deux... Ils en sont arrivés à frelater l'heure... comme le lait, le vin et le reste!

SUZANNE.

Papa, es-tu fixé au moins sur le pays où nous devons nous retirer?

GRANDILLON, tendrement.

Est-ce que ton père prend jamais une résolution importante sans avoir consulté sa bonne petite femme et sa fille chérie? ((Sortant de sa poche une petite carte géographique pliée en huit.) Nous allons choisir ensemble le lieu de notre retraite. Voici un plan de Paris...

VALENTINE et SUZANNE, avec joie.

Ah! Paris!...

GRANDILLON, continuant.

Avec la banlieue...

VALENTINE et SUZANNE, moins satisfaites.

Ah! la banlieue?

GRANDILLON, achevant.

Jusqu'à la mer!

VALENTINE et SUZANNE, avec tristesse.

Ah!

GRANDILLON, à part.

Il s'agit de leur faire avaler doucement la pilule. (Haut). Asseyons-nous. (Ils s'asseyent autour du guéridon.) Et d'abord, qu'est-ce que nous voulons? Ne pas trop nous éloigner de Paris, n'est-ce pas?

VALENTINE et SUZANNE, vivement.

Oh! oui.

GRANDILLON.

Voyons, que diriez-vous d'Asnières?... localité charmante, Asnières, renommée pour ses fritures et ses monuments historiques.

SUZANNE.

Va pour Asnières... C'est très gai : il y a la Seine...

GRANDILLON, vivement.

La Seine! c'est vrai... je l'oubliais!... la Seine, peuplée de canotiers qui exhibent leurs bras nus et leurs torses à peine couverts!... Et j'irais exposer vos regards à ce spectacle?... Jamais!

VALENTINE, avec résignation.

Voyons donc plus loin.

GRANDILLON, à part.

Elles y viennent!... (Consultant la carte.) Ah! voici notre affaire, mes enfants!... Saint-Germain!... ville renommée pour ses fritures et ses monuments historiques... le pavillon Henri IV...

VALENTINE.

Va pour Saint-Germain... C'est d'ailleurs charmant... la forêt, la terrasse...

GRANDILLON.

Adopté!... (Jetant un coup d'œil sur le sabre d'artilleur qui est à côté de lui sur le guéridon.) Ah! sapristi!... Ce sabre m'y fait penser : Saint-Germain est impossible! c'est une ville de garnison... nous trouverions toute la journée de la cavalerie dans la cuisine!... Passons Saint-Germain!

SUZANNE.

Mais alors, où irons-nous?

GRANDILLON.

Attendez. (A part.) Ça va bien. (Haut.) D'abord, qu'est-ce que nous voulons? Ne pas trop nous éloigner de Paris?... Tenez, voici notre affaire... Rouen!

VALENTINE.

Oh! c'est trop loin.

GRANDILLON.

Bah! on a aussitôt pris son billet pour Rouen que pour Asnières, et une fois qu'on est dans le train... Rouen! ville ancienne, renommée pour ses monuments et ses fritures historiques!...

VALENTINE.

Oui, mais c'est triste comme les bonnets qu'on y fabrique.

GRANDILLON, vivement.

Rouen vous déplaît? Passons Rouen!

1.

VALENTINE, se levant.

Ah! mais non.

SUZANNE, même jeu.

Allons tout de suite à l'étranger!

GRANDILLON, se levant et les ramenant.

Mes enfants, pas de passion!... Qu'est-ce que je demande, moi? Vous trouver un petit nid bien gentil. (Leur montrant un point sur la carte.) Cette fois, voici notre affaire : Rivesec, le berceau de ma famille, où je vous ai menées il y a deux ans... au bord de la mer, de la mer dont les vagues écumantes nous apportent l'écho des pays inconnus... et pas d'artilleurs !... A deux pas du chemin de fer de Rouen au Havre : il y a un embranchement... de diligences !

VALENTINE.

Rivesec !... Mais c'est la province dans toute son horreur.

SUZANNE.

Nous allons y mourir d'ennui.

GRANDILLON.

Au contraire, vous vous y porterez mieux. C'est pour vous que j'ai choisi le voisinage de l'océan.

VALENTINE.

Nous n'y tenons pas.

GRANDILLON, avec émotion.

Eh bien! mes enfants, si vous n'acceptez pas pour votre santé, acceptez pour la mienne... Je me sens fatigué, affaibli... l'air salé de la mer me fortifiera... Vous savez que le sel conserve... tous les charcutiers vous le diront.

VALENTINE.

S'il s'agit de votre santé, mon ami, nous acceptons de grand cœur.

GRANDILLON, à part.

Ça y est!

SUZANNE.

Il faudra acheter une maison à Rivesec.

GRANDILLON, s'oubliant.

Elle est achetée!...

VALENTINE et SUZANNE, stupéfaites.

Ah!

GRANDILLON, à part.

Oh! sapristi!

VALENTINE.

Et vous nous proposiez Asnières...

SUZANNE, achevant.

Saint-Germain et Rouen!

GRANDILLON.

C'étaient des stations pour vous amener doucement à Rivesec; si je vous y avais conduites brusquement, par train direct, vous auriez jeté les hauts cris.

VALENTINE et SUZANNE.

Certes!

GRANDILLON.

Vous y serez très heureuses, vous verrez!... Des habitants charmants, des cœurs honnêtes, la meilleure société... D'ailleurs, vous en verrez ce soir même un échantillon.

SUZANNE.

Qui donc?

GRANDILLON.

M. Des Pluvières, un futur voisin qui est venu à Paris pour affaires, et mademoiselle Dutilleul et son neveu, venus, eux, pour leur agrément. Je les ai invités à notre petite réception.

VALENTINE.

Vous avez bien fait, mon ami. (A Suzanne.) Mais nous avons à surveiller les derniers préparatifs... Viens, Suzanne.

GRANDILLON.

Envoyez-moi donc Virginie.

Suzanne et Valentine sortent par la droite.

SCÈNE V

GRANDILLON, puis VIRGINIE.

GRANDILLON, seul.

Je veux lui montrer les mauvais côtés de l'artillerie... sans manquer toutefois au patriotisme. (Prenant le sabre et le képi.) Voilà donc ce qui séduit les femmes !...

Voyant entrer Virginie, il cache les objets derrière lui.

VIRGINIE, entrant de droite.

Monsieur me demande ?

GRANDILLON.

Virginie, n'avez-vous rien perdu ?

VIRGINIE.

Moi ?... mais... dame... non.

GRANDILLON, lui montrant le sabre et le képi.

Et ce sabre ! et ce képi ! petite malheureuse !

VIRGINIE, confuse.

Mon Dieu, monsieur... c'est...

GRANDILLON, l'interrompant.

Oui, c'est votre cousin... je la connais, celle-là !... (Brandissant le sabre.) Et voilà l'objet pour lequel vous oubliez tout : l'honneur, la vertu... et les côtelettes qui brûlent sur le gril... Un sabre ! un képi !

VIRGINIE, se remettant.

Monsieur, que voulez-vous ?... Il y a des bonnes qui repoussent ces objets, mais celles-là portent leurs regards au-dessus d'elles... (Elle regarde Grandillon.) Moi, je n'ai pas cette audace, et alors...

GRANDILLON, à part.

On dirait qu'elle me fait de l'œil.

VIRGINIE, le regardant encore.

Il est certain que si j'avais été remarquée par un homme distingué...

GRANDILLON, à part.

Comme elle me regarde !

VIRGINIE, achevant.

Je n'aurais jamais songé à un simple soldat.

GRANDILLON, à part.

Elle est gentille... mais tromper ma femme, jamais ! (A Virginie.) Tenez, mademoiselle, voici vos armes ! (Il lui donne le sabre et le képi.) Je vous pardonne pour cette fois, mais ne péchez plus !

VIRGINIE.

Merci, monsieur.

Elle sort par le fond.

SCÈNE VI

GRANDILLON, puis SUZANNE.

GRANDILLON, seul.

Les voilà, les Parisiens, les voilà !... Si je n'avais pas été trempé... comme le sabre de cette petite, je succombais.

SUZANNE, rentrant de droite.

Comment, papa... encore là ?... et pas habillé !... Mais il est neuf heures.

GRANDILLON.

Sapristi !... je vais vite passer un habit... Toi, reste ici, en cas que quelqu'un vienne.

Il sort par la gauche.

SCÈNE VII

SUZANNE, puis ANDRÉ MOULINIER, puis GRANDILLON.

SUZANNE, seule.

M. André osera-t-il venir?... Je lui ai fait porter une lettre d'invitation... S'il m'aime réellement, il viendra.

ANDRÉ, entrant par le fond.

Ah ! mademoiselle !...

SUZANNE, avec joie.

Lui !... Vous avez reçu l'invitation?...

ANDRÉ.

Oui, et j'en ai été bien heureux, car j'ai une bonne nouvelle à vous apprendre : mes parents m'approuvent complètement ; ils consentent à notre mariage.

SUZANNE, avec joie.

Ah !

ANDRÉ.

Et demain mon père viendra demander officiellement votre main à M. Grandillon.

SUZANNE.

Quel bonheur !... (Frappée d'une idée.) Ah ! mon Dieu ! j'y pense... il refusera.

ANDRÉ.

Pourquoi ?

SUZANNE.

Vous êtes avocat !... Mon père n'aime pas les avocats.

ANDRÉ.

Qu'est-ce qu'ils lui ont fait ?

SUZANNE.

Rien ; c'est instinctif, cela ne s'explique pas... Ah ! le voici.

GRANDILLON, rentrant en habit, à part.

Un invité!... (Saluant.) Monsieur...

ANDRÉ, saluant.

Monsieur...

SUZANNE, présentant André.

M. André Moulinier...

GRANDILLON.

Tu connais monsieur ?

SUZANNE.

Nous avons dansé ensemble cet hiver; un danseur...
intrépide.

GRANDILLON.

Intrépide!... Soyez le bienvenu, monsieur, j'aime les
braves!

SUZANNE, bas, à André.

Allons, courage!... Je vous laisse.

Elle sort par le fond, dont la porte reste ouverte. Les portes de
droite et de gauche s'ouvrent aussi à ce moment.

SCÈNE VIII

GRANDILLON, ANDRÉ.

GRANDILLON.

Monsieur est sans doute depuis peu dans le commerce...

ANDRÉ.

Je suis avocat, monsieur.

GRANDILLON, étonné et très froid.

Avocat? Mais alors, monsieur, je n'ai pas eu l'honneur
de vous inviter; je n'ai envoyé d'invitations qu'à mes anciens clients, pour leur faire un discours... (Se reprenant.)
pour leur faire mes adieux.

ANDRÉ.

Pardon... (Lui montrant une carte.) Mais voici votre invitation, monsieur.

GRANDILLON.

Enfin, puisque vous voilà !... une glace de plus ou de moins...

ANDRÉ, à part.

Il est sec.

GRANDILLON.

Ah ! vous êtes avocat ?... Alors, c'est vous qui défendez les voleurs qui nous volent et les assassins qui nous assassinent par ci, par là ?

ANDRÉ, noblement.

Monsieur, je n'ai jamais défendu personne !... Je suis un avocat sérieux... je ne plaide pas... je m'occupe de politique.

GRANDILLON.

Ah ! ah ! vous voulez manger au râtelier de l'Etat, vous aussi !

ANDRÉ, à part.

Au râtelier ?... pour qui me prend-il ?... (Haut.) Monsieur, j'ai eu l'honneur de danser beaucoup cet hiver avec mademoiselle Suzanne... chez des amis communs... à des petites sauteries que je fréquente.

GRANDILLON.

Comme homme politique ?

ANDRÉ.

Comme danseur !... Mademoiselle Suzanne a bien voulu écouter favorablement...

GRANDILLON, étonné.

Quoi donc ?

ANDRÉ, avec émotion.

L'aveu que... je lui ai fait... de mon amour.

GRANDILLON, sévèrement.

Votre amour?... Vous aimez ma fille?

ANDRÉ.

Et mon plus grand bonheur serait de l'épouser. (A part.) Ouf!

GRANDILLON.

Avant de vous répondre, monsieur, je vous adresserai une question : Où êtes-vous né?

ANDRÉ.

A Paris.

GRANDILLON.

Ah! vous êtes Parisien!

ANDRÉ.

Dans toute la force du terme.

GRANDILLON.

Et vous aimez Paris?

ANDRÉ.

Je l'adore.

GRANDILLON.

Vous vous êtes amusé?

ANDRÉ.

Pas mal.

GRANDILLON.

Vous fréquentez les théâtres?

ANDRÉ.

Beaucoup.

GRANDILLON.

Les courses?

ANDRÉ.

Enormément.

GRANDILLON.

C'est bien ça... le Tout-Paris !... vous êtes un Tout-Paris !... Monsieur, votre démarche me flatte et m'honore au delà de toute expression : vous n'aurez jamais ma fille !

ANDRÉ.

Oh ! monsieur...

GRANDILLON, avec chaleur.

Ma fille n'est pas votre affaire ; ma fille raccommode, monsieur ; elle fait la cuisine et fabrique des confitures...

ANDRÉ.

Justement, je les adore.

GRANDILLON.

N'insistez pas... J'ai des idées arrêtées à ce sujet, je veux donner à ma fille un homme comme moi...

ANDRÉ, à part.

Joli cadeau !

GRANDILLON.

Un honnête homme !

ANDRÉ.

Mais, monsieur, me prendriez-vous pour un coquin ?

GRANDILLON.

Non... vous êtes un honnête homme comme on l'entend banalement... vous n'avez pas été en prison.

ANDRÉ, indigné.

Monsieur !

GRANDILLON.

Et puis, vous êtes Parisien !

ANDRÉ.

Vous êtes Parisien aussi, vous.

GRANDILLON.

Moi, je suis une exception, monsieur ! J'ai résisté à

toutes les tentations de l'enfer parisien, moi ; je n'ai jamais connu qu'un plaisir, moi : le travail ! J'ai travaillé ; mes deux femmes, — j'en ai eu deux... l'une après l'autre, — mes deux femmes ont travaillé ; ma fille a travaillé ; nous avons tous travaillé, afin de pouvoir nous retirer de bonne heure dans le sein de la nature, le seul que j'aie jamais convoité, au milieu des cœurs honnêtes qui ne fleurissent qu'aux champs !

ANDRÉ.

Alors, vous ne me laissez aucun espoir ?

GRANDILLON.

Aucun.

ANDRÉ, ému.

C'est bien, monsieur. (A part.) Allons prévenir mademoiselle Suzanne.

Il sort par le fond.

SCÈNE IX

GRANDILLON, puis VIRGINIE.

GRANDILLON, seul.

J'en suis fâché, mais un Parisien...

VIRGINIE, au dehors.

Oui, monsieur ; donnez-moi votre paletot.

UNE VOIX, également au dehors.

Dieu vous bénisse, mademoiselle.

Virginie entre par le fond, tenant un paletot.

GRANDILLON, remontant.

Ah çà ! Virginie, qu'est-ce que vous avez à crier ainsi ?

VIRGINIE.

C'est un invité qui est sourd comme une cruche. Je lui ai dit : Donnez-moi votre paletot ; il m'a répondu : Dieu vous bénisse !

GRANDILLON.

A-t-il dit son nom?

VIRGINIE.

M. Têtard, un bon nom de sourd.

GRANDILLON, à lui-même.

On commence à arriver... Je vais recevoir mon monde.

Il sort par le fond.

SCÈNE X

VIRGINIE, puis MADEMOISELLE DUTILLEUL et CALISTE.

VIRGINIE, seule.

Ils ne viennent pas en foule, les invités... ils auront appris que monsieur doit prononcer un discours !

Mademoiselle Dutilleul, type de vieille fille, entre par le fond suivie de son neveu Caliste, type de jeune cuistre de province.

MADEMOISELLE DUTILLEUL.

Par ici, mon neveu.

CALISTE, air timide et modeste.

Oui, ma tante.

MADEMOISELLE DUTILLEUL, à Virginie.

Voulez-vous annoncer à M. Grandillon, mademoiselle Dutilleul et son neveu Caliste de Rivesec ?

Elle va se regarder dans la glace.

VIRGINIE.

Oui, mademoiselle. (A part.) Quel type !

CALISTE, à part, dévorant Virginie du regard.

Elle est gentillette, cette petite.

Il l'embrasse furtivement.

VIRGINIE.

Oh !

MADEMOISELLE DUTILLEUL, se retournant.

Hein !...

Caliste reprend son air modeste.

VIRGINIE, à part, regardant Caliste.

Sainte-Nitouche, va !

Elle sort par la gauche.

SCÈNE XI

MADEMOISELLE DUTILLEUL, CALISTE.

MADEMOISELLE DUTILLEUL, courroucée.

J'ai tout vu !... Petit dépravé !... embrasser une bonne, presque *coram populo* !

CALISTE, hypocritement.

Ma tante, je ne l'ai pas fait exprès.

MADEMOISELLE DUTILLEUL.

Est-ce là le fruit de la sévère éducation que je t'ai donnée, sacripant !... Ah ! l'avoir élevé comme une jeune fille, et voir cela !

CALISTE, s'enhardissant.

Mais aussi, pourquoi m'avez-vous élevé comme une jeune fille ?... Je suis un homme, que diable ! j'ai un tempérament.

MADEMOISELLE DUTILLEUL, choquée.

Assez, mon neveu !... Il y en a d'autres qui ont un tempérament, mais ils mettent une sourdine à leur cœur et s'efforcent d'en étouffer les cris !

CALISTE, la regardant.

Ah !

MADEMOISELLE DUTILLEUL, à part.

J'ai trop parlé.

CALISTE, à part.

La sourdine, c'est elle.

MADEMOISELLE DUTILLEUL.

Se compromettre avec une bonne!... Tâchez de vous contenir ici... car je mûris les plans les plus gigantesques pour votre avenir.

CALISTE.

Quels plans?

MADEMOISELLE DUTILLEUL, avec mystère.

Il y a ici une jeune fille, mademoiselle Suzanne Grandillon... riche et jolie... Elle va venir habiter Rivesec ; si tu es adroit, intelligent, tu l'épouseras.

CALISTE.

Riche et jolie !... Je ne demande pas mieux. (Avec élan.) Oh ! me marier...

MADEMOISELLE DUTILLEUL.

Eh bien ! sois prudent... de la tenue... de la dignité... et n'embrasse plus les bonnes, ou du moins... cache-toi bien !

SCÈNE XII

LES MÊMES, DES PLUVIÈRES, puis GRANDILLON et VALENTINE.

DES PLUVIÈRES, entrant par le fond.

Eh ! bonsoir, mes chers compatriotes...

MADEMOISELLE DUTILLEUL.

M. Des Pluvières...

DES PLUVIÈRES.

C'est mal de ne pas m'avoir attendu à l'hôtel... nous

serions venus ensemble. Eh bien ! que dites-vous de Paris ?... N'est-ce pas qu'on se plaît mieux ici qu'à Rivesec ?

CALISTE.

Oh ! oui !

MADEMOISELLE DUTILLEUL, sévèrement.

Mon neveu !... (A Des Pluvières.) Cependant, monsieur Des Pluvières, pour vous, un ex-parisien, Paris ne doit plus avoir de secrets.

DES PLUVIÈRES.

Ah ! bien oui !... Est-ce qu'on connaît jamais complètement Paris !

GRANDILLON, entrant de gauche avec Valentine.

Ah ! nos futurs voisins !... (Il présente Valentine.) Madame Grandillon... (Présentant les autres.) Mademoiselle Dutilleul, son neveu M. Caliste, M. Des Pluvières.

Salutations générales. — On s'assied.

DES PLUVIÈRES, à part.

Charmante, madame Grandillon.

GRANDILLON, à mademoiselle Dutilleul.

Quelle excellente idée vous avez eue de venir à Paris !...

MADEMOISELLE DUTILLEUL.

Paris !... Jamais je n'y remettrai les pieds.

VALENTINE.

Pourquoi donc, mademoiselle ?

MADEMOISELLE DUTILLEUL.

Des mœurs abominables !... J'en rougis encore !... Ce matin, je traversais le boulevard Montmartre, ma voilette était baissée ; un monsieur, avec une coiffure élevée et bizarre, m'accoste sans me connaître... et savez-vous ce qu'il me dit ? — « Bonjour, la jolie brune ! » Je relève ma voilette pour le foudroyer d'un regard indigné, et il s'écrie en se sauvant : « Oh ! la la ! c'est un vieux cuir ! »

GRANDILLON.

Les voilà, les Parisiens, les voilà !

DES PLUVIÈRES, se levant.

Ah ! ne dites pas de mal des Parisiens... et surtout des Parisiennes !... Oh ! les Parisiennes !

MADEMOISELLE DUTILLEUL, avec reproche.

Pouvez-vous parler ainsi, vous qui avez une si charmante femme !

DES PLUVIÈRES.

Charmante, oui... mais sans éclat, terre-à-terre, provinciale... un peu comme vous !

On entend une valse dans la coulisse.

VALENTINE.

Ah ! on danse.

Tous se lèvent.

DES PLUVIÈRES, offrant la main à Valentine.

Madame...

VALENTINE.

Avec plaisir.

GRANDILLON, à mademoiselle Dutilleul.

Valsez-vous ?

MADEMOISELLE DUTILLEUL.

Avec ivresse !

Grandillon, poussant un soupir, sort par le fond en valsant avec mademoiselle Dutilleul ; Des Pluvières les suit en valsant avec madame Grandillon.

SCÈNE XIII

CALISTE, puis SUZANNE, puis ANDRÉ.

CALISTE, seul.

Je valserais bien aussi, moi.

SUZANNE, entrant de droite en regardant de tous côtés.

Où peut-il être ?... Je voudrais bien savoir ce que papa lui a répondu. (Apercevant Caliste.) Oh ! quelqu'un !

CALISTE, la saluant.

Mademoiselle Grandillon, sans doute !

SUZANNE.

Oui, monsieur.

Elle regarde vers le fond, puis à droite, cherchant quelqu'un des yeux.

CALISTE.

Je vous ai reconnue, mademoiselle, à votre œil limpide et bleu comme celui de votre père, (Se présentant.) Caliste Dutilleul, de Rivesec... vingt-trois ans... excellente éducation...

SUZANNE, qui ne l'a pas écouté, remontant vers le fond.

Je suis dans une inquiétude... (Apercevant André qui paraît.) Ah ! enfin... Je vous cherchais partout, mon ami.

CALISTE, à part.

Tiens ! tiens !

ANDRÉ, à Suzanne.

Moi aussi... J'ai vu votre père... il refuse net.

CALISTE, à part.

Un prétendant refusé !

SUZANNE, à André, désolée.

Je m'y attendais.

ANDRÉ.

Oh ! mais je ne perds pas courage... je lutterai !

SUZANNE, avec énergie.

Nous lutterons !

CALISTE, à part.

Un rival !... moi aussi, je lutterai !

ANDRÉ.

Je suis aussi entêté qu'amoureux.

SUZANNE.

Je vous seconderai.

2

CALISTE, à part.

Ils oublient que je suis là.

ANDRÉ, à Suzanne.

Votre père ne veut pas un gendre parisien... Il veut vous marier à un provincial...

CALISTE, à part.

Ah !

ANDRÉ, continuant.

A quelque rustre, à quelque malotru...

CALISTE, à part.

M. Grandillon a peut-être pensé à moi. (S'avançant.) Pardon, mademoiselle, pardon, monsieur... je voudrais...

ANDRÉ.

Permettez ! nous sommes occupés. (Prenant le bras de Suzanne.) Venez, mademoiselle... on n'est pas tranquille ici.

CALISTE.

Mais pourtant...

ANDRÉ.

Ah ! vous êtes indiscret, cher monsieur.

André et Suzanne sortent par le fond.

CALISTE, les regardant sortir.

Ma foi, j'ai bien envie d'aller retrouver la petite bonne... Par ici, je crois.

Il sort par la gauche, troisième plan.

SCÈNE XIV

GRANDILLON, puis PAJARON, puis M. LESOUD.

GRANDILLON, entrant de droite en s'essuyant le front.

Ouf!... cette mademoiselle Dutilleul pèse cent kilos!... je suis moulu!... Mais tout en valsant, j'ai aperçu un invité... que je ne connais pas, — il est sans doute de la banlieue, — et qui avalait quantité de glaces!... Il criait à chaque instant : « Par ici le plateau! une glace! »

UNE VOIX, au fond.

Par ici le plateau! une glace!

GRANDILLON, bondissant.

Encore lui!... il les mangera toutes!... (A Pajaron, qui entre par le fond avec un plateau chargé de glaces.) Ah! Pajaron?... Qu'est-ce que c'est que ce mangeur de glaces?

PAJARON.

Un client de la banlieue... Lesourd.

Il remonte.

GRANDILLON.

Ah! bien, le sourd... (A lui-même.) M. Têtard, celui qui a répondu à Virginie : Dieu vous bénisse. (A Pajaron.) Quand il vous appellera, filez d'un autre côté.

PAJARON, apercevant Lesourd.

Oh! le voici!...

Il se sauve par la gauche, troisième plan.

M. LESOURD, entrant du fond.

Par ici le plateau! une glace!...

Il s'élance à la poursuite de Pajaron et disparaît.

GRANDILLON, navré.

Il n'en laissera pas une!... Si encore il n'était pas sourd, je lui ferais des observations.

PAJARON, rentrant en courant par le fond avec son plateau.

Vite! cachez-moi!... il est sur mes talons!

GRANDILLON.

Tenez... ici!... (Il ouvre vivement la petite porte de gauche, premier plan. — Pajaron disparaît.) C'est une chasse à courre!

M. LESOURD, accourant par le fond.

Par ici le plateau!... (A Grandillon.) Pardon, monsieur, vous n'auriez pas vu le plateau aux glaces?

GRANDILLON, à part.

Il ne m'entendrait pas... je vais lui répondre par signes.

Il lui fait signe que le plateau est là-bas, à droite.

M. LESOURD, à part.

C'est un muet!... (S'élançant.) Par ici le plateau! une glace!...

Il sort par la droite, troisième plan.

GRANDILLON, un instant seul.

Délivrons le plateau. (Il ouvre la porte du cabinet de gauche. — Pajaron reparaît.) Il faut cacher les glaces... c'est le seul moyen... il va revenir.

PAJARON.

Là... sous cette chaise. (Il fourre le plateau sous la chaise.) Il n'ira pas le chercher là.

M. LESOURD, reparaissant au fond, et apercevant Pajaron.

Ah! le voilà!... (Il entre.) Eh bien! où sont les glaces?

GRANDILLON, bas, à Pajaron.

Ne répondez pas.

Pajaron répond par signe à Lesourd qu'il n'a plus le plateau.

M. LESOURD, à part.

Ils sont tous muets dans cette maison!... Enfin!... (Il s'éponge.) Ah! j'ai chaud! quelle course!... (Il prend la chaise pour s'asseoir et, en la déplaçant, met le plateau à découvert.) Mais le voilà, le plateau!

GRANDILLON et PAJARON, à part.

Pas de chance!

M. LESOURD, ramassant le plateau.

Vous le cachez!... Vous avez donc peur qu'on ne vous les mange, vos glaces!... Si encore elles étaient bonnes!...

Il pose le plateau sur le guéridon, prend une glace et sort par le fond.

GRANDILLON, ahuri.

Combien en mangerait-il donc si elles étaient bonnes!...

Oh! ces Parisiens!... (A Pajaron, qui a repris le plateau.) Allez; je renonce à les défendre... laissez-le faire.

PAJARON, à part.

Ma foi! puisqu'il n'y en a que pour ce M. Lesourd...
Il sort de droite, troisième plan, en mangeant une glace.

GRANDILLON, seul. Il tire sa montre.

Minuit!... c'est l'heure de mon discours... Allons d'abord faire cesser la musique.
Il sort par la gauche, troisième plan.

SCÈNE XV

DES PLUVIÈRES, VALENTINE.

Valentine entre par le fond, suivie par Des Pluvières qui semble lui parler avec animation.

VALENTINE.

Je vous en prie, monsieur Des Pluvières, n'insistez pas.

DES PLUVIÈRES.

Je vous jure que je suis sincère, madame... Je n'ai jamais ressenti auprès d'une femme ce que j'éprouve à côté de vous, et je voudrais...

VALENTINE.

Encore une fois, monsieur, laissez-moi. Je suis une honnête femme.

DES PLUVIÈRES, à part.

Elle me repousse à Paris... mais je ne lui donne pas deux mois de la vie de province...
La musique a cessé. — Grandillon rentre par le fond.

2.

SCÈNE XVI

LES MÊMES, GRANDILLON, puis SUZANNE, ANDRÉ,
CALISTE, MADEMOISELLE DUTILLEUL, M. LESOURD,
PAJARON, VIRGINIE.

GRANDILLON, indigné.

C'est inouï! c'est ignoble! je suis furieux!

VALENTINE.

Qu'avez-vous, mon ami?

GRANDILLON.

Croiriez-vous que tous nos invités sont partis, sauf
mademoiselle Dutilleul, son neveu et un mangeur de
glaces qui est sourd.

DES PLUVIÈRES.

Oui... je sais pourquoi ils sont partis.

GRANDILLON.

Pourquoi?

DES PLUVIÈRES.

J'étais tout à l'heure près de deux invités qui causaient
ensemble. L'un disait à l'autre : — « Est-ce que vous te-
» nez à entendre son discours? — Moi? pas du tout, dit
» l'autre. — Eh bien! alors, filons. — Filons! » Et ils sont
partis, en entraînant avec eux plusieurs autres invités.
Il paraît que le bruit s'est répandu qu'un orateur peu
éloquent allait prononcer un discours.

GRANDILLON, fièrement.

Cet orateur, c'est moi, monsieur!

DES PLUVIÈRES, à part.

Oh! sapristi! si j'avais su!...

Ici, mademoiselle Dutilleul, Caliste et M. Lesourd entrent par
le fond; Lesourd mange une glace. André et Suzanne entren
par la gauche; Pajaron et Virginie par la droite.

GRANDILLON, avec énergie.

Oui, je le prononcerai ce discours vengeur!... je le prononcerai!... Il me reste un public peu nombreux, mais
choisi.

TOUS.

Très bien! très bien!

GRANDILLON, passant derrière le guéridon, à droite, et d'un ton
d'orateur.

Mes chers clients... (D'un autre ton.) Ils ont tous filé, mais
ça ne fait rien... (Reprenant le ton de l'orateur.) Je vous fais
mes adieux! Je vous remercie de la confiance que vous
m'avez toujours accordée, et que j'ai quelquefois méritée,
je le dis avec un noble orgueil!...

TOUS.

Très bien! très bien!

GRANDILLON, cherchant à se rappeler.

Vous êtes les rameaux de la vieille branche... de la
vieille branche qui... de la vieille branche...

DES PLUVIÈRES, à part.

Il appuie trop sur la vieille branche; elle cassera.

GRANDILLON.

Enfin, voilà!... Mais qu'il me soit permis de dire que
je suis heureux de fuir Paris, ce foyer pestilentiel, ce dé-
potoir de tous les vices!

ANDRÉ, protestant.

Oh!...

MADEMOISELLE DUTILLEUL.

Bravo!

ANDRÉ.

Comme Parisien, je proteste!

GRANDILLON.

Je respecte tous les Parisiens qui sont ici; mais les
autres!... A Paris, voyez-vous, on se ruine l'esprit et le
corps; et permettez-moi ce mot : on s'y ramollit!

ANDRÉ.

Je proteste encore!...(A part.) Ah! il me refuse parce que je suis Parisien!

GRANDILLON.

Vous protestez?... Mais les exemples me crèvent les yeux!... je les vois!

ANDRÉ, sévèrement.

C'est à moi que vous faites allusion, monsieur?

GRANDILLON.

Non... certainement... (A part.) Diable! il va me chercher querelle.

ANDRÉ.

Si! si!... je vois bien que c'est à moi!

SUZANNE, bas, à André.

Mais, monsieur André...

ANDRÉ, bas.

Laissez-moi faire... Je veux le prendre par l'intimidation. (A Grandillon.) Parlez, monsieur, c'est bien moi que vous visez, n'est-ce pas?

GRANDILLON.

Mais non, sapristi!... (A part.) Il est enragé!

ANDRÉ, se boutonnant.

A vos ordres, monsieur!... (A part.) Je le tiens! il faut qu'il se batte ou qu'il me donne sa fille!

GRANDILLON.

Quand je vous dis que ce n'est pas de vous qu'il s'agit!

ANDRÉ, s'échauffant à froid.

Trop tard!... L'injure a été publique!

VALENTINE.

Mais puisque ce n'est pas vous qu'on désigne.

ANDRÉ.

Et qui donc, alors? (A Grandillon.) Qui donc ici est ra-
molli? (A part.) Il ne s'en tirera pas.

GRANDILLON, embarrassé.

Qui?... (Avisant M. Lesourd qui continue à manger sa glace. —
A part.) Oh! quelle idée!... le mangeur de glaces!... un
sourd... il n'entendra pas!... (Haut.) Qui, dites-vous?...
(Baissant un peu la voix.) Tenez... voyez-vous cet homme qui
mange une glace... (Lesourd lève la tête.) Il est venu à Paris
plein de force et de santé... Eh bien! voyez ce que Paris
en a fait; voyez cet œil sans regard, cette bouche sans
sourire, ce crâne sans cheveux; voyez cette figure où
l'imbécillité le dispute à la concupiscence; voyez cet
hébété, qui ne comprend rien, qui n'entend rien...

M. LESOURD, se levant furieux.

Pardon, monsieur, je vous entends parfaitement!

TOUS.

Ah!...

Mouvement général.

GRANDILLON, foudroyé.

Vous n'êtes donc pas sourd? vous n'êtes donc pas
M. Têtard?

M. LESOURD.

Pas le moins du monde! Je m'appelle Lesourd, mais je
ne le suis pas.

GRANDILLON, à part.

Cristi! son nom m'a mis dedans!

M. LESOURD.

Vous m'avez invité pour m'insulter, monsieur?... Demain, je vous attendrai avec des épées au Vésinet... à
neuf heures!

TOUS.

Un duel!

GRANDILLON, avec force.

C'est bien, monsieur!... Attendez-moi!... (A part.) A huit heures, je pars pour Rivesec!

M. LESOURD.

Et comme je ne veux rien devoir à un homme qui m'insulte... (Mettant une pièce d'argent sur le guéridon.) Tenez, voilà cent sous pour les glaces que j'ai mangées... Elles étaient atroces!

Il sort majestueusement.

GRANDILLON, prenant la pièce.

La pièce est fausse!... Les voilà, les Parisiens, les voilà!

Valentine et Suzanne entourent Grandillon, qui les rassure. — Les autres personnages rient entre eux.

ACTE DEUXIÈME

A Rivesec. — Le jardin de la villa Grandillon. — A droite, la maison. — Au fond, le mur du jardin, au delà duquel on voit une partie de la petite ville. — A gauche, une allée d'arbres conduisant à la grille d'entrée qui est hors de vue. — Banc à droite, chaises et table de jardin à gauche. — Sur cette table, une corbeille à ouvrage.

—

SCÈNE PREMIÈRE

GRANDILLON, VALENTINE, SUZANNE,' PONTOIS, CLOTILDE.

Au lever du rideau, Grandillon, Valentine et Suzanne dorment sur des chaises et sur le banc. Valentine tient un livre ouvert à la main.

PONTOIS, vieux paysan, entrant par la gauche.

Ils dorment. (Il ôte ses sabots et les prend à la main.) Faut marcher doucement.

CLOTILDE, qui examinait les poires, au fond, se retournant.

Tiens ! c'est le père Pontois.

PONTOIS.

Je viens pour parler à votre bourgeois.

CLOTILDE, montrant Grandillon.

Vous voyez... il dort en famille.

PONTOIS, confidentiellement.

Dites donc, mamzelle Clotilde, c'est un bon homme, M. Grandillon?

CLOTILDE.

Ah! dame, je ne sais pas encore... je ne suis ici que depuis huit jours.

PONTOIS.

C'est vrai, au fait!... Vous n'étiez donc pas bien chez mamzelle Dutilleul?

CLOTILDE.

Elle est trop bégueule.

PONTOIS, d'un air malin.

Et puis, on dit qu'elle s'était aperçue que vous étiez du dernier meilleur avec son neveu, M. Caliste.

CLOTILDE.

C'est faux, père Pontois, c'est faux.

PONTOIS, à part.

Oh! ces Parisiennes!... (Haut.) Alors, vous ne pouvez pas me dire si M. Grandillon est un bon homme?

CLOTILDE.

Demandez-le lui... Seulement, si vous le réveillez, il sera furieux.

Elle rentre dans la maison.

PONTOIS, à lui-même.

Faudrait le réveiller sans en avoir l'air. (Il tousse légèrement.) Hum! hum! ça ne prend pas... (Il éternue.) Atchi!

GRANDILLON, se réveillant.

Hein!... Ah! c'est le père Pontois.

PONTOIS.

Pardon, monsieur Grandillon, j'ai éternué sans le vouloir.

GRANDILLON.

Qu'est-ce qui me procure l'honneur d'entendre vos éter-
nuements ?

PONTOIS.

Un service.

GRANDILLON.

Que vous venez me rendre ?... Asseyez-vous.

Il avance une chaise.

PONTOIS.

Que je viens vous demander.

GRANDILLON.

Ah !...

Il retire machinalement la chaise. Pontois s'assied par terre.

PONTOIS, se relevant.

Pardon... j'ai manqué la chose.

GRANDILLON.

Voyons, parlez vite, je suis pressé... (A part.) de me ren-
dormir.

PONTOIS.

Voilà ! (D'une voix pleurarde.) M. Grandillon, notre famille
est bien éprouvée ; nous avons une malade à la maison.

GRANDILLON.

Votre femme ?

PONTOIS.

Non... (Philosophiquement.) Oh ! ma femme... elle se porte
bien. C'est ma vache !... elle vient d'accoucher de deux
jumeaux, et elle tousse à fendre du bois... (Essuyant ses lar-
mes.) Nous allons la perdre.

GRANDILLON.

Agréez mes compliments de condoléance.

PONTOIS.

Faut que j'en achète une autre pour nourrir les deux

3

pauvres orphelins, et si vous pouviez me prêter deux cents francs...

GRANDILLON, narquois.

Deux cents francs ?

PONTOIS.

Vous seriez le second père de ces deux petits malheureux, monsieur !... il faut venir en aide à ses semblables.

GRANDILLON.

Merci !... on me l'a déjà fait trois fois, le truc de la vache.

PONTOIS, stupéfait.

Pas possible ! c'est moi qui l'ai inventé !... Je l'ai confié à un ami, et il me l'a volé !... Filou ! coquin ! voleur ! brigand !...

Il sort par la gauche en gesticulant. Valentine et Suzanne se réveillent.

VALENTINE.

Qu'est-ce que c'est ?

GRANDILLON.

C'est le père Pontois qui voulait, lui aussi, m'emprunter deux cents francs avec sa vache agonisante.

VALENTINE.

Ils ont donc tous des vaches malades à Rivesec ?

GRANDILLON.

C'est une épidémie.

Coup de sonnette à gauche.

TOUS TROIS.

On a sonné.

GRANDILLON.

Une visite ! Ça va nous distraire.

VALENTINE.

Qui est-ce donc ?

GRANDILLON, regardant du côté de l'allée à gauche.

Ah !... c'est M. le comte de Chambouvin, un des grands industriels du pays... Quel honneur !

SUZANNE.

Il va nous parler encore de sa tuilerie.

VALENTINE.

Il en parle toujours.

GRANDILLON.

Le fait est qu'avec sa tuilerie, il est un peu... ennuyeux !

SUZANNE, à Valentine.

Sauvons-nous ?

VALENTINE.

Sauvons-nous !...

Valentine et Suzanne rentrent vivement dans la maison.

SCÈNE II

GRANDILLON, puis LE COMTE DE CHAMBOUVIN,
puis DENISE.

GRANDILLON, seul.

Voilà l'effet que produisent les gens sérieux sur les femmes de Paris!... (Allant au-devant de Chambouvin.) Ah ! monsieur le comte, que je suis heureux de vous voir !

CHAMBOUVIN, arrivant de gauche.

Mon cher Grandillon, je vous apporte une bonne nouvelle : sur ma recommandation, le conseil des nobles de Rivesec vous a admis au nombre de ses membres.

Ils s'asseyent.

GRANDILLON, joyeux.

Moi !... membre de la noblesse, malgré mon origine !...

CHAMBOUVIN.

La noblesse de votre caractère vous élève à notre hauteur, mon cher de Grandillon.

GRANDILLON, à part.

De Grandillon !... (A Chambouvin.) Comptez sur moi, monsieur le comte, pour faire avec vous de l'opposition au gouvernement. J'ai toujours combattu les institutions que j'avais aimées... et comme tous les hommes de progrès, j'ai pour devise : Jamais content !

CHAMBOUVIN.

C'est parfait... (A part.) Il est à moi. (Haut.) Eh bien ! vous plaisez-vous à Rivesec ?

GRANDILLON.

Beaucoup !... Quel beau pays !... et quels charmants habitants !... des cœurs honnêtes... sincères...

CHAMBOUVIN.

Oui, mais...

GRANDILLON, étonné.

Il y a un mais ?

CHAMBOUVIN.

Voulez-vous me permettre de vous donner un conseil. Vous êtes riche, vous devez recevoir souvent des demandes d'emprunt ?

GRANDILLON.

En effet : il y a une épidémie sur les vaches qui m'a déjà coûté mille francs.

CHAMBOUVIN.

Eh bien ! croyez-moi, ne prêtez jamais rien à personne à Rivesec. Je connais l'esprit du pays : on n'y aime pas à rendre l'argent prêté.

GRANDILLON.

Mon Dieu, c'est un peu partout la même chose.

CHAMBOUVIN.

Oui, mais ici ce travers est poussé à l'excès. Aussi, moi je ne prêterais pas un sou pour une royauté. Par exemple, je suis logique : je ne prête pas, mais je n'emprunte jamais. Quand j'ai besoin d'argent, pour mon usine, je m'adresse ailleurs... Vous connaissez ma tuilerie ?

GRANDILLON.

Parfaitement.

CHAMBOUVIN.

Eh bien ! je vais y faire des travaux d'agrandissement. Je pourrais trouver de l'argent ici ; mais j'aime mieux m'adresser à un banquier de Paris, qui me prendra très cher...

GRANDILLON.

Pardon... combien vous faut-il ?

CHAMBOUVIN.

Cinquante mille francs.

GRANDILLON.

La somme est rondelette, mais je puis vous la prêter, moi.

CHAMBOUVIN.

Vous, mon cher de Grandillon ?

GRANDILLON.

Je n'ai pas encore employé les fonds provenant de la vente de ma maison de commerce, et je serai heureux...

CHAMBOUVIN, se levant.

Merci, mon ami, mais je ne puis accepter... mes principes s'y opposent.

GRANDILLON, se levant.

Vous pouvez accepter de moi, votre obligé.

CHAMBOUVIN, lui serrant la main avec émotion.

Grandillon, la noblesse de votre procédé me touche profondément, mais n'insistez pas.

GRANDILLON, noblement.

Chambouvin... (A part.) Tant pis, je l'appelle Chambouvin... (Haut.) Ne me refusez pas l'honneur de rendre service au comte de Chambouvin... à cinq pour cent... pas
plus !

CHAMBOUVIN.

Vous le voulez ?

GRANDILLON.

Absolument.

CHAMBOUVIN.

Alors, j'accepte. Vous voyez le prix que j'attache à votre
amitié.

GRANDILLON.

Merci !... merci !... j'aurai l'honneur de vous porter la
somme tout à l'heure.

CHAMBOUVIN.

Je vous ferai une reconnaissance en bonne forme. Allons, à bientôt... Et rappelez-vous mon conseil : Ne prêtez jamais d'argent à personne dans le pays.

GRANDILLON.

Pas si bête !... (A Denise, qui paraît.) Qu'y a-t-il, Denise ?

DENISE, venant de gauche.

M. le sous-préfet demande à voir monsieur ?

GRANDILLON, à Chambouvin.

Ah ! c'est le nouveau sous-préfet qui est arrivé hier.

CHAMBOUVIN.

Vous savez que nous ne voyons pas les fonctionnaires
du gouvernement !

GRANDILLON.

Bon... Je vais le flanquer à la porte. (A Denise.) Dites que
je n'y suis pas.

Denise disparaît.

CHAMBOUVIN.

A la bonne heure !... le conseil des nobles vous approu-
vera.

DENISE, revenant.

M. le sous-préfet a entendu monsieur dire : « Je n'y
suis pas ! » et ça lui fait supposer que monsieur y est.

GRANDILLON.

Qu'il entre alors ! (A Chambouvin.) Mais soyons de glace.

Denise sort.

SCÈNE III

LES MÊMES, ANDRÉ MOULINIER.

ANDRÉ, entrant de gauche.

Monsieur, j'ai tenu à honneur de vous consacrer ma
première visite...

GRANDILLON.

Monsieur... (Le reconnaissant, à part, et avec étonnement.) Le
petit avocat !

ANDRÉ.

Nos relations antérieures m'en faisaient d'ailleurs un devoir.

GRANDILLON, à part.

Il va me compromettre.

CHAMBOUVIN, bas, à Grandillon.

Vous connaissez un sous-préfet ?

GRANDILLON, bas.

Pas du tout. (A André, froidement.) Pardon, monsieur le
sous-préfet, mais je n'ai pas l'honneur...

ANDRÉ, se nommant.

Voyons... André Moulinier.

GRANDILLON, cherchant.

Moulinier?... non... je ne connais qu'un Moulinard, et encore il est mort. N'importe, monsieur, je suis flatté...

CHAMBOUVIN, à Grandillon.

Mon cher ami, je vous quitte... une affaire urgente... (Saluant froidement André.) Monsieur...

GRANDILLON.

Je vous reconduis, mon cher comte.

Chambouvin et Grandillon sortent par la gauche.

SCÈNE IV

ANDRÉ, puis SUZANNE.

ANDRÉ, seul, interdit.

On m'avait bien dit que les sous-préfets avaient de la peine à se faire accueillir, mais j'étais loin de m'attendre à ça.

SUZANNE, sortant de la maison.

Je ne me trompe pas!...

ANDRÉ, joyeux.

Mademoiselle Suzanne!...

SUZANNE.

Monsieur André!...

ANDRÉ.

A la bonne heure!... vous me reconnaissez, vous!

SUZANNE.

Sans doute... vous n'êtes pas changé!... Mais comment êtes-vous ici?

ANDRÉ.

Pour vous conquérir, mademoiselle, j'étais disposé à tous les sacrifices... Je me suis fait nommer sous-préfet de Rivesec.

SUZANNE, touchée.

Ah! tant de dévouement!...

ANDRÉ.

Une sous-préfecture de cinquième classe... le convoi du pauvre!... Mais votre père me refusait votre main parce que j'étais Parisien... je me suis fait provincial... je me serais fait Japonais s'il l'avait fallu.

SUZANNE, frappée.

Ah! mon Dieu!... quel malheur!... mon père est de l'opposition... il déteste les sous-préfets.

ANDRÉ.

Aussi?... Il déteste les avocats, les Parisiens, les sous-préfets... Qu'est-ce qu'il aime donc? Et comment faire pour obtenir votre main?

SUZANNE.

Hélas! faut-il tout vous dire?... Mon père l'a presque promise à M. Caliste Dutilleul.

ANDRÉ.

Et vous avez laissé faire cette promesse?

SUZANNE.

Je croyais que vous m'aviez oubliée.

SCÈNE V

LES MÊMES, GRANDILLON.

GRANDILLON, revenant.

Ah! vous voilà donc, vous?

ANDRÉ.

Vous me reconnaissez, à présent?

GRANDILLON.

Oui, parbleu! mais pas devant le monde.

3.

ANDRÉ.

Monsieur, j'ai peut-être montré quelque vivacité lors de notre dernière entrevue, il y a six mois; je vous apporte mes excuses...

GRANDILLON, noblement.

Je les accepte! (A part.) J'humilie le pouvoir!

ANDRÉ.

Et j'ai l'honneur de vous redemander, en qualité de provincial, la main de mademoiselle votre fille.

GRANDILLON, se récriant.

La main de ma fille au sous-préfet, moi, membre du conseil des nobles!...

ANDRÉ, étonné.

Vous êtes noble, à présent?

GRANDILLON.

Je fais partie de la noblesse du pays... (A Suzanne.) car j'ai été admis, ma chérie... (A André.) Et je ne vous donnerais pas même la main de ma bonne!

SUZANNE, d'un ton de reproche.

Oh! papa...

GRANDILLON.

Non, non... (A André.) Le sous-préfet, c'est notre ennemi... Si l'on savait que je vous reçois, je serais compromis... Allons, adieu, cher monsieur.

ANDRÉ.

Vous ne voulez pas que nous nous voyions?

GRANDILLON.

Vous tenez à me revoir?

ANDRÉ.

Beaucoup.

SUZANNE.

Certainement, il faut se revoir.

GRANDILLON.

Soit!... Mais prenons nos précautions pour qu'on ne nous voie pas ensemble... Nous nous verrons la nuit... pas chez moi... hors de la ville... à l'entrée du bois... et pour être sûrs de n'être pas reconnus, nous mettrons de fausses barbes!

SUZANNE.

Tu plaisantes!

ANDRÉ.

Nous aurions l'air de voleurs.

GRANDILLON.

Vous voyez bien que c'est impossible!... Allons, adieu, cher monsieur... (A Suzanne.) Et toi, va retrouver Valentine.

SUZANNE, bas, à André.

Ne perdez pas courage... revenez... trouvez des prétextes.

Elle entre dans la maison.

ANDRÉ, bas.

Soyez tranquille. (A Grandillon.) Allons, adieu, monsieur...

Il se dirige vers la gauche.

GRANDILLON.

Pas par là... tout le monde vous verrait sortir, ça me compromettrait... (Indiquant la droite, derrière la maison.) Tenez, par la petite porte qui donne sur la campagne...

ANDRÉ, à part.

Toi, quand tu seras mon beau-père!...

Il sort par la droite.

GRANDILLON, lui criant.

Relevez le collet de votre paletot, ça vous cachera... mais relevez-le donc!... Il va me compromettre!

SCÈNE VI

GRANDILLON, CLOTILDE.

CLOTILDE, sortant de la maison, et parlant à la cantonade.

Bien, .madame... (A Grandillon.) Je vais faire une course pour madame... monsieur n'a pas de commissions?

GRANDILLON.

Non, ma fille... mais écoutez un peu.

CLOTILDE, s'approchant.

Voilà, monsieur.

GRANDILLON, après avoir regardé autour de lui, lui touchant le menton.

Eh! eh! eh!

CLOTILDE, froidement.

C'est tout ce que monsieur avait à me dire?

GRANDILLON.

Pour le moment.

CLOTILDE.

Bien, monsieur. (A part.) Lui, jamais de la vie!...

Elle sort par la gauche.

SCÈNE VII

GRANDILLON, puis DES PLUVIÈRES, puis VALENTINE.

GRANDILLON, à part.

Très distinguée, cette petite femme de chambre!... C'est bizarre! à Paris, je n'ai jamais songé à tromper ma femme... mais ici, je n'ai rien à faire... que regarder mûrir mes poires, et alors je... (Souriant.) Enfin, l'autre jour, je me suis surpris en train de flirter avec madame Des Pluvières, notre voisine, une petite femme charmante. (Regardant à gauche.) Ah! le mari!

DES PLUVIÈRES, entrant de gauche.

Bonjour, voisin.

GRANDILLON.

Bonjour, comment va madame?

DES PLUVIÈRES.

Très bien... Elle fait ses confitures.

GRANDILLON, à part.

Bon !... je vais aller lui dire des douceurs... ça m'occupera.

DES PLUVIÈRES.

Je viens pour répéter avec madame Grandillon le vaudeville que nous devons jouer au profit des pauvres. (I sort une brochure.) *Indiana et Charlemagne.*

GRANDILLON.

Charlemagne?... une pièce historique, alors?

VALENTINE, sortant de la maison, une brochure à la main.

Enfin, vous voilà, monsieur Des Pluvières!... vous êtes en retard... répétons vite.

GRANDILLON.

C'est cela, répétez... Je vous laisse; je vais faire un tour... (A part.) aux confitures.

DES PLUVIÈRES.

A propos! vous voilà membre de notre conseil...

GRANDILLON, à Valentine.

Le conseil des nobles!

DES PLUVIÈRES.

Je vous préviens qu'il y aura cette nuit, à onze heures, une séance de la plus haute importance.

GRANDILLON.

J'y serai!... je ferai un discours!

VALENTINE.

Prenez garde! les discours ne vous réussissent guère.

GRANDILLON.

C'est bon... c'est bon! Répétez... je pars. (A part.) Très commode, ce mari, il distrait ma femme pendant que je cause avec la sienne... Oh! ces maris, tous les mêmes!...

Il prend son chapeau et sort de gauche.

SCÈNE VIII

DES PLUVIÈRES, VALENTINE.

DES PLUVIÈRES, avec feu.

Nous sommes seuls!

VALENTINE.

Eh bien! répétons.

DES PLUVIÈRES.

Tout à l'heure... J'ai tant de choses à vous dire... Valentine!

VALENTINE, souriant.

Encore?...

DES PLUVIÈRES, avec chaleur.

Je ne cesserai jamais de vous dire que je vous aime, que je vous adore...

VALENTINE, feignant de ne pas l'écouter, et consultant la brochure.

Voyons... c'est moi qui commence... Je suis endormie sur une chaise... (Elle s'assied et ferme les yeux.) Je rêve en fredonnant un air de galop... (Récitant son rôle.) « Trop » vite!... Ah! vous me serrez trop, housard!... Hein! » m'embrasser?... » (Des Pluvières l'embrasse.) Ah! mais non... ce n'est pas dans la pièce, ça!

Elle se lève.

DES PLUVIÈRES.

C'est dans mon cœur... Vous avez une façon de dire ce mot, m'embrasser!... c'est irrésistible!

VALENTINE, sérieuse.

Des Pluvières, je me fâcherai.

DES PLUVIÈRES, tendrement.

Non, vous ne vous fâcherez pas, parce que vous savez que je suis sincère, que je vous aime comme un insensé... et que vous m'aimez aussi!

VALENTINE

Moi? Je ne vous ai jamais dit...

DES PLUVIÈRES.

Vous me l'avez donné à entendre.

VALENTINE, étonnée.

Quand cela?

DES PLUVIÈRES.

Il y a trois jours... Vous m'avez dit que vous n'aimiez pas votre mari.

VALENTINE.

Eh bien! cela ne veut pas dire que je vous aime, vous.

DES PLUVIÈRES, avec élan.

Il faut bien que vous aimiez quelqu'un!... Et qui donc aimerez-vous, si ce n'est celui qui depuis six mois...

VALENTINE.

Des Pluvières... taisez-vous.

DES PLUVIÈRES.

Mais nous ne pouvons pas causer ici à notre aise... Écoutez-moi... votre mari doit se rendre ce soir à onze heures au conseil des nobles... eh bien! ce soir, laissez ouverte la petite porte du jardin... dès qu'il sera parti, j'arriverai.

VALENTINE.

Quelle folie!

DES PLUVIÈRES, suppliant.

Valentine !...

VALENTINE.

Non.

DES PLUVIÈRES.

Ah ! vous me désespérez.

VALENTINE.

Voyons, soyez raisonnable.

DES PLUVIÈRES, avec un désespoir simulé.

Non... il vaut mieux en finir.

VALENTINE.

Ah ! que vous êtes cruel !...

DES PLUVIÈRES.

Dites oui, Valentine, dites-le, car vous m'aimez et je vous aime !

Il lui baise les mains avec passion. — Grandillon paraît à gauche et les regarde avec stupeur.

SCÈNE IX

LES MÊMES, GRANDILLON.

GRANDILLON.

Oh !... (S'avançant furieux.) Comment, monsieur, vous aimez ma femme, et vous dites qu'elle vous aime !

VALENTINE, à part.

Ah ! mon Dieu !

DES PLUVIÈRES, à part.

De l'aplomb !... (Haut.) Eh bien ! quoi d'étonnant à cela ?

GRANDILLON.

Comment ! quoi d'étonnant !

DES PLUVIÈRES.

C'est dans *Indiana et Charlemagne.*

VALENTINE, vivement.

Oui... c'est... nous répétons.

GRANDILLON, se calmant.

Ah ! bien !... je disais aussi : courtiser la femme d'un ami... c'est abominable. (A part.) Je viens de voir la sienne... elle était plongée dans ses confitures... pas moyen de causer.

DES PLUVIÈRES.

Je lui débitais ma tirade... scène 4... (S'adressant à Valentine, comme s'il jouait un rôle). « Oui, je t'aime, Valentine... » (Se reprenant.) Indiana !... je t'aime et tu m'aimes !... Mais » mon amour est à bout de patience, et si tu ne m'ou- » vres pas ce soir la petite porte, je me tuerai sur le » seuil ! »

VALENTINE, effrayée.

Ah !

GRANDILLON, applaudissant.

Bravo ! très bien dit !... Et que répond Indiana ? ouvre-t-elle sa porte, au moins ? (Gaîment.) J'aime assez que les femmes ouvrent leur porte, moi !

DES PLUVIÈRES, à Valentine.

A vous, Indiana, répondez.

VALENTINE, avec contrainte.

Eh bien ! puisque vous m'y forcez, puisque vous êtes sans pitié pour une femme dont vous avez troublé le re-pos...

GRANDILLON, approuvant.

Très bien dit !

VALENTINE, achevant.

Je laisserai la petite porte ouverte.

GRANDILLON, applaudissant.

Bravo ! c'est parfait !... De l'émotion !... du sentiment !...
Elle va très bien, ma femme.

DES PLUVIÈRES, bas, à Valentine.

Merci !

GRANDILLON.

Ça me paraît intéressant, *Indiana et Charles-Quint.*

DES PLUVIÈRES, le reprenant.

Et Charlemagne !

GRANDILLON.

Charlemagne, Charles-Quint... c'est toujours un roi de
France, n'est-ce pas ?

DES PLUVIÈRES, à part.

Faible en histoire, Grandillon.

VALENTINE.

Monsieur Des Pluvières, je ne me sens pas bien... un
étourdissement... La répétition est terminée si vous voulez.

GRANDILLON, à Valentine.

Rien de sérieux, j'espère.

VALENTINE.

Non... rien.

Elle rentre dans la maison.

GRANDILLON, à Des Pluvières.

Voulez-vous que je reprenne le rôle de ma femme ?

DES PLUVIÈRES.

Merci... Je ne me sens pas bien... un éblouissement...
Je lève la répétition... Au revoir, cher ami. (A part.) Elle
est à moi !

Il sort par la gauche.

SCÈNE X

GRANDILLON, puis CLOTILDE.

GRANDILLON, seul.

Voyons, à quoi vais-je m'occuper?... Ah! mes poires! regardons-les mûrir... (Il examine un espalier au fond et saisit deux poires qui s'y trouvent; les poires lui restent dans la main.) Ah! sapristi! elles sont mûres... c'est ennuyeux, ça!... Qu'est-ce que je vais faire maintenant de mes après-midi? (Apercevant Clotilde qui rentre de gauche.) Ah! Clotilde?

CLOTILDE.

Monsieur?

GRANDILLON, à part.

Très capiteuse, cette petite... (Haut.) Vous venez de faire votre course... Tenez, mettez ça dans votre poche... c'est pour vous.

Il lui donne les deux poires.

CLOTILDE.

Mais, monsieur...

GRANDILLON.

Chut! pas un mot à ma femme!... (Avec amour.) C'est pour vous!

CLOTILDE.

Merci, monsieur.

GRANDILLON, lui touchant le menton.

Eh! eh! eh!

CLOTILDE, froidement.

Je vous assure, monsieur, que vous avez bien tort.

GRANDILLON, étonné.

Quoi?

CLOTILDE.

J'aime mieux vous le dire tout de suite... Je suis une femme sérieuse, moi!... Je suis Parisienne, et vous pensez bien, monsieur, qu'on ne vient pas de Paris en province pour faire des bêtises... c'est tout le contraire!... J'ai un but : le mariage... et comme vous ne pouvez pas m'offrir votre main...

GRANDILLON, avec feu.

Cruelle enfant!... je puis t'offrir...

CLOTILDE, moqueuse.

Des poires!

GRANDILLON, avec passion.

Non! pas des poires, Clotilde, pas des poires!

CLOTILDE, voyant paraître Caliste.

Chut! quelqu'un!

Elle range la corbeille à ouvrage sur la table.

SCÈNE XI

Les Mêmes, CALISTE.

CALISTE, venant par la gauche.

Bonjour, monsieur Grandillon.

GRANDILLON, troublé.

Ah! c'est M. Caliste.

CLOTILDE, à part.

A nous deux, mon neveu.

CALISTE, à part.

Diable! Clotilde est là. (A Grandillon.) Je vous annonce la visite de ma tante.

GRANDILLON.

Enchanté!... (A part.) Cristi! j'étais lancé... (Haut.) Je vais prévenir ces dames... (A part.) Elle y viendra!... ça va m'occuper!

Il entre dans la maison, très agité.

SCÈNE XII

CALISTE, CLOTILDE.

CLOTILDE, allant vivement à Caliste.

Je sais tout!

CALISTE, effaré.

Quoi?

CLOTILDE, dramatique.

Votre tante va venir faire la demande officielle.

CALISTE, balbutiant.

La... la... la... la demande?

CLOTILDE.

Oui, la demande!... Elle veut vous faire épouser mademoiselle Suzanne.

CALISTE.

C'est vrai... mais moi... je n'ai dit ni oui ni non.

CLOTILDE, avec force.

Il faut dire non!... Votre tante m'a renvoyée de chez elle parce qu'elle s'est aperçue que vous m'aimiez!... Votre amour m'a fait perdre ma place et ma vertu...

CALISTE.

Vous avez retrouvé une place.

CLOTILDE.

Et la vertu! où la retrouverai-je?... Moi qui étais si fière de la mienne!

CALISTE, d'un ton léger.

Oh! c'est une vaine parure... un hochet de la vanité.

CLOTILDE, s'exaltant.

Nous verrons bien!... ah! nous verrons bien!

CALISTE, la calmant.

Chut! si l'on t'entendait...

CLOTILDE.

Je veux vous parler sérieusement.

CALISTE.

Pas ici... on peut venir.

CLOTILDE.

Eh bien! ce soir, à onze heures... chez moi... (Lui donnant une clef.) Voici la clef du jardin.

CALISTE.

J'y viendrai. (A part.) Diable! diable!... elle prend mal la chose.

SCÈNE XIII

LES MÊMES, MADEMOISELLE DUTILLEUL,
puis VALENTINE,
GRANDILLON, SUZANNE.

MADEMOISELLE DUTILLEUL, venant de gauche.

Me voici.

CLOTILDE, à part.

Oh! la tante!...

Elle rentre dans la maison.

MADEMOISELLE DUTILLEUL, à Caliste, sévèrement.

Tu étais seul avec cette fille?

CALISTE, troublé.

Oui, je lui disais... d'aller prévenir ses maîtres.

MADEMOISELLE DUTILLEUL.

De la tenue, mon neveu, de la dignité! Songe à la dot!... Ah! les voici.

Valentine, Grandillon et Suzanne sortent de la maison.

VALENTINE.

Chère mademoiselle...

MADEMOISELLE DUTILLEUL.

Madame... mademoiselle...

Salutations.

GRANDILLON, d'un ton cérémonieux.

Nous sommes vraiment heureux... de l'honneur... qui nous honore... et je puis vous dire... je puis vous dire... (Ne trouvant pas ses mots.) Donnez-vous la peine de vous asseoir!...

Ils s'asseyent.

MADEMOISELLE DUTILLEUL, avec émotion.

Madame, mademoiselle, monsieur...

GRANDILLON, se levant.

Pardon... mais il fait chaud... vous devez avoir soif, et j'ai pensé qu'un peu de bière...

MADEMOISELLE DUTILLEUL.

Ah! trop aimable...

GRANDILLON.

La voici. (Clotilde sort de la maison, portant un plateau sur lequel se trouvent cinq verres et un pot de bière. — Elle pose le tout sur la table, puis passe derrière Caliste.) Si vous préférez autre chose...

MADEMOISELLE DUTILLEUL.

Non... c'est très bien.

CLOTILDE, bas, à Caliste.

Je reste là, dans le jardin, et j'écoute... Prenez garde !

Elle disparaît à gauche.

CALISTE, à part.

Sapristi! je vais être gêné, moi!

MADEMOISELLE DUTILLEUL.

Madame, mademoiselle, monsieur... Mon neveu Caliste Dutilleul, ici présent, n'a pu voir sans en être profondément touché, la grâce et l'esprit de mademoiselle Suzanne. Ce cœur, qui n'avait jamais aimé...

CLOTILDE, hors de vue, toussant fortement.

Hum!

CALISTE, effaré, à part.

Clotilde qui tousse!

GRANDILLON.

Qui a toussé?

CALISTE, vivement.

C'est moi... pardon.

MADEMOISELLE DUTILLEUL, reprenant.

Ce cœur, qui n'avait jamais aimé, est devenu amoureux... Il ne mange plus, il ne boit plus, il ne dort plus...

SUZANNE, à part, ironique.

Pauvre cœur!

MADEMOISELLE DUTILLEUL.

Enfin, j'ai l'honneur de vous demander pour mon neveu, la main de mademoiselle votre fille.

CLOTILDE, hors de vue, toussant de nouveau.

Hum!

GRANDILLON.

Qui tousse encore?

CALISTE.

C'est moi... pardon.

GRANDILLON, à mademoiselle Dutilleul.

Un mot avant de vous répondre... Je crains que votre neveu n'ait la poitrine délicate... il ne fait que tousser.

MADEMOISELLE DUTILLEUL, se récriant.

La poitrine délicate, Caliste!... Monsieur, mon neveu tient de famille, et chez les Dutilleul toutes les poitrines sont solides... Tenez, écoutez ça!... (Elle tousse énergiquement.) Hum! hum!... A toi, mon neveu!

CALISTE, toussant très fort.

Hum! hum!...

Caliste et mademoiselle Dutilleul toussent ensemble.

MADEMOISELLE DUTILLEUL.

Hein! qu'en dites-vous?

GRANDILLON.

Oui, le creux est bon... bon creux de famille!... Ma fille aussi a un bon creux... (A Suzanne.) Tousse, ma fille.

MADEMOISELLE DUTILLEUL.

Oh! nous nous en rapportons...

VALENTINE.

Je vous ai déjà dit, n'est-ce pas, mademoiselle, que M. Grandillon voulait laisser sa fille libre de son choix?

MADEMOISELLE DUTILLEUL.

En effet, et c'est très sage.

GRANDILLON.

Parle, Suzanne, mon enfant.

SUZANNE.

Mon Dieu, j'ai toujours pensé que le mariage étant une chose très grave, il ne fallait pas prendre une pareille décision sans avoir longuement réfléchi. (A Caliste.) N'est-ce pas, monsieur Caliste?

CLOTILDE, derrière la maison et toujours hors de vue, toussant.

Hum!

GRANDILLON, à part.

C'est curieux... son creux ne donne pas toujours le même son!... (Se levant.) Je suis d'avis de laisser nos jeunes gens s'expliquer seul à seule... Nous les gênons.

MADEMOISELLE DUTILLEUL.

Soit. (Tous se lèvent. — Bas, à Caliste.) Songe à la dot.

GRANDILLON, appelant.

Clotilde?

CLOTILDE, accourant.

Monsieur?

4

GRANDILLON.

Remportez la bière. (A part.) Si le mariage ne se fait pas,
ce n'est pas la peine...

VALENTINE, à Suzanne.

Nous vous laissons.

MADEMOISELLE DUTILLEUL, bas, à Caliste.

Sois aimable, ou je te tire les oreilles.

Grandillon fait passer devant lui mademoiselle Dutilleul et Valentine, qui entrent dans la maison. — Grandillon les suit. —
Clotilde, emportant le plateau, etc., rentre la dernière après
avoir regardé Caliste en toussant de nouveau.

SCÈNE XIV

CALISTE, SUZANNE.

CALISTE, à part.

Clotilde est rentrée... me voilà tranquille.

SUZANNE.

Monsieur Caliste?

CALISTE.

Mademoiselle?

SUZANNE.

Je crois que nous nous entendrons, nous deux.

CALISTE.

Je le crois aussi, mademoiselle.

SUZANNE.

Pourquoi voulez-vous m'épouser?

CALISTE.

C'est ma tante qui veut ce mariage, et quand ma tante
veut une chose...

SUZANNE.

Voyons, vous ne m'aimez pas?

CALISTE.

Ah! je vous trouve bien charmante.

SUZANNE, avec prière.

Voyons, monsieur Caliste, écoutez-moi... Mon père veut aussi ce mariage... Si je refuse, il ne me laissera pas tranquille... mais si vous refusez, vous, il n'aura rien à dire.

CALISTE.

Moi? vous refuser?

SUZANNE.

Oh! je vous aimerai bien.

CALISTE.

Mais ma tante, ma féroce tante!... elle me martyrisera... Et puis, refuser d'épouser une si jolie personne... (A part.) Clotilde n'est plus là... (Haut.) Il faudrait être fou!... car vous êtes adorable, mademoiselle... Des yeux! une main! une taille!... oh!...

Dans son élan, il lui prend la taille. — Suzanne lui échappe et s'élance vers André, qui vient de paraître à gauche et qui a vu le geste.

SUZANNE, effrayée.

Ah! monsieur André!...

SCÈNE XV

Les Mêmes, ANDRÉ, puis GRANDILLON.

ANDRÉ, indigné.

Monsieur, vous êtes un drôle!

CALISTE.

Mais, monsieur...

GRANDILLON, sortant de la maison.

Qu'y a-t-il donc?... (Apercevant André.) Encore vous? Mais vous allez me faire mettre à l'index!

ANDRÉ.

Ce n'est pas le sous-préfet qui vous rend visite, c'est le compatriote; et félicitez-vous que je sois venu : je suis arrivé au moment où ce monsieur insultait votre fille.

GRANDILLON, étonné.

Il insultait ma fille?

CALISTE.

Permettez!... J'étais autorisé à être aimable avec mademoiselle, que je désire épouser...

ANDRÉ.

Vous lui avez pris la taille.

GRANDILLON.

Diable! c'est un peu inconvenant... mais enfin, chacun fait l'aimable comme il peut.

ANDRÉ.

Eh bien! moi, qui aime mademoiselle et qui en suis aimé, je ne souffrirai pas cela!... (A Caliste.) Monsieur, vous êtes un paltoquet!

CALISTE, effaré.

Un paltoquet?...

ANDRÉ.

J'attends vos témoins!

CALISTE.

Quels témoins?

ANDRÉ.

Pour nous battre!

SUZANNE, inquiète.

Un duel!...

GRANDILLON, à part.

C'est un sous-préfet à poigne !

CALISTE, dignement.

Permettez, monsieur ; je ne me bats pas avec le premier venu !

ANDRÉ, furieux.

Le premier venu !... Insolent !...

Il soufflète Caliste avec son gant.

GRANDILLON et SUZANNE.

Oh !...

CALISTE, épouvanté.

Monsieur... (S'éloignant vivement et passant derrière la table.) Vous... vous êtes... un malhonnête !

GRANDILLON, indigné, à André.

Monsieur, un pareil scandale, chez moi...

ANDRÉ, se radoucissant.

Mon cher monsieur Grandillon...

GRANDILLON, avec force.

Ne m'appelez pas votre cher !... (A part.) Oh ! j'ai une idée splendide !

SUZANNE, désolée, à part.

Comment cela va-t-il finir ?...

GRANDILLON, à André.

Monsieur, vous insultez chez moi mon futur gendre... Je ne souffrirai pas cela... J'attends vos témoins !

ANDRÉ.

Quels témoins ?

GRANDILLON, fièrement.

Pour nous battre !...

SUZANNE, à Grandillon.

Te battre, toi ?

4.

GRANDILLON.

Oui, moi!... (A part.) Il n'osera pas tuer le père de celle qu'il aime... il se laissera blesser!...

ANDRÉ.

Mais, monsieur, je ne veux pas me battre avec vous.

GRANDILLON, avec mépris.

Vous avez peur?

CALISTE, reprenant courage.

Il a peur!...

SUZANNE, à Grandillon.

Mais, papa, tu vois bien que M. André supporte tout cela pour moi!

GRANDILLON, à André.

Vous ne voulez pas vous battre?... Soit!... mais je vous chasse! (A part, avec orgueil.) Si le conseil des nobles me voyait!...

ANDRÉ, frémissant.

Vous me chassez?... Ah! je m'étais promis de rester calme devant vos insolences, mais véritablement la mesure est comble... Et je vous déclare que j'aimerai et que j'épouserai votre fille malgré vous!

Mademoiselle Dutilleul paraît, sortant de la maison.

SCÈNE XVI

LES MÊMES, MADEMOISELLE DUTILLEUL.

GRANDILLON, furieux.

Sortez! et ne remettez plus les pieds chez moi!

ANDRÉ.

C'est bien, monsieur; mais nous nous reverrons.

GRANDILLON, criant.

Je n'y tiens pas!

ANDRÉ.

Moi j'y tiens!

GRANDILLON.

Je vous fermerai ma porte!

ANDRÉ.

J'entrerai par la fenêtre!

CALISTE, narquois.

Monsieur est acrobate!

ANDRÉ, allant à lui.

Qu'est-ce que vous avez dit?

CALISTE, effrayé.

Touchez pas!

MADEMOISELLE DUTILLEUL, s'élançant.

Toucher à mon neveu! Viens-y donc!...
  Elle se place devant Caliste en lançant à André un regard de
défi.

ANDRÉ, à Suzanne.

Quant à vous, mademoiselle, vous serez ma femme!

GRANDILLON, très exalté.

Me prendre ma fille! Viens-y donc!...
  Il entoure sa fille de ses bras. — André sort en faisant un geste
de menace à Caliste.

ACTE TROISIÈME

Un vestibule, au premier étage de la maison de Grandillon. — Au
fond, deux portes de chambre; celle de gauche est celle de la
chambre de Suzanne, l'autre celle de la chambre de Valentine. —
A droite, au deuxième plan, le bas de la rampe de l'escalier qui con_
duit à l'étage supérieur, où est la chambre de Clotilde. — A gauche,
également au deuxième plan, le haut de la rampe de l'escalier qui
conduit au rez-de-chaussée. — Une petite porte à droite et une autre
à gauche, au premier plan; ces portes s'ouvrent sur la scène. — Au
milieu du vestibule, un divan rond avec dossier au milieu; ce divan
s'ouvre et sert de coffre à bois. — Une fenêtre au fond, au milieu,
entre les deux portes.

SCÈNE PREMIÈRE

CLOTILDE, puis DENISE.

Clotilde paraît par l'escalier de gauche, venant du rez-de-chaussée.
Elle s'éclaire avec un bougeoir. Elle parle à la cantonade.

CLOTILDE.

Bien, madame, je vais faire du feu dans la chambre de
madame. Denise va me descendre des bûches. (A elle-même.)
Du feu, le 25 septembre... Oh! ces bourgeois!

Elle pose son bougeoir sur le dossier du divan.

DENISE, descendant par l'escalier de droite.

V'là les bûches!

CLOTILDE, ouvrant le divan.

Mettez-les là. (Denise met les bûches dans le divan.) Dites donc, Denise, voulez-vous m'aider à faire le feu de madame?

DENISE.

Ah! je peux pas... j'ai encore un tas de choses à faire là-bas.

CLOTILDE.

Paresseuse, va!

DENISE, à part.

Ces Parisiennes! faudrait faire toute leur besogne.

CLOTILDE, prenant deux bûches.

Deux bûches, est-ce assez?

DENISE.

Mettez-en trois... faut pas être regardant.

CLOTILDE.

Au fait, monsieur va cette nuit au conseil des nobles... je peux bien en mettre une de plus... pour le remplacer.

DENISE, riant.

Oh! oh! oh! ces Parisiennes... c'est rigolo tout de même!
Elle sort en riant par l'escalier de gauche.

CLOTILDE, seule.

Ah! quand je serai mariée avec Caliste, moi aussi je ferai trimer les domestiques... car il faudra bien qu'il m'épouse! Je l'attends à onze heures pour causer sérieusement. (Elle ferme le divan.) Voilà!... (Elle prend son bougeoir.) On monte... dépêchons-nous.
Elle entre dans la chambre de Valentine, au fond, à droite.

SCÈNE II

GRANDILLON, VALENTINE, SUZANNE.

Ils entrent par l'escalier de gauche, venant du rez-de-chaussée. —
Ils ont tous trois leurs bougeoirs allumés à la main.

GRANDILLON.

Allons, bonsoir, mes enfants... dormez bien, et surtout
ne vous inquiétez pas de moi.

SUZANNE.

Bonsoir, papa... Tâche de ne pas avoir froid en allant
à ton conseil des nobles.

GRANDILLON.

Sois tranquille, mon enfant.

Il l'embrasse.

SUZANNE, à Valentine.

Bonsoir.

VALENTINE.

Bonsoir. (Suzanne entre dans sa chambre, au fond, à gauche. —
A Grandillon.) Je vais vous donner votre paletot et votre
chapeau.

Elle entre dans sa chambre, au fond, à droite.

GRANDILLON, seul.

C'est étonnant comme je deviens canaille!... Jamais je
n'aurais fait ça à Paris... mais ici, je n'ai rien à faire, que
regarder mûrir mes poires!... J'ai dit à ma femme que
j'irais cette nuit au conseil des nobles, et je n'irai pas!...
La petite bobonne m'a littéralement empoigné... et c'est
avec elle que je veux tenir conseil cette nuit... Je vais
feindre d'aller à la réunion, et, quand tout le monde dor-
mira ici, je reviendrai furtivement, et... nous verrons!...
(Avec fatuité.) Nous verrons!...

VALENTINE, reparaissant avec un chapeau et un paletot.

Voici votre paletot et votre chapeau, mon ami.

GRANDILLON, posant son bougeoir sur le dossier du divan.

Merci.

Il met son paletot et son chapeau.

VALENTINE.

Je vous recommande bien d'être modéré!

GRANDILLON, étonné.

Modéré?

VALENTINE.

Oui... laissez la passion aux jeunes gens.

GRANDILLON, effaré.

La passion?... (A part.) Diable! se douterait-elle?...

VALENTINE.

Entre nous, ces choses-là ne sont plus de votre âge...

GRANDILLON, très inquiet.

Plus de mon âge?... (A part.) Sapristi! de quoi veut-elle parler?... De Clotilde ou du Conseil?

VALENTINE.

Mais je comprends toutes les faiblesses, et vous avez eu là une fantaisie que je vous passe; cependant...

GRANDILLON, à part.

Plus de doute... elle veut parler de Clotilde. (Haut.) Ma chère amie, je te remercie de ton indulgence, mais je te jure que cette fantaisie ne m'empêchera pas de t'aimer.

VALENTINE.

Je l'espère bien. Seulement, évitez le scandale, et ne vous faites pas remarquer.

GRANDILLON.

Ça, je te le promets... je ferai les choses dignement. (A part.) C'est un esprit large, ma femme! (Haut.) Je ne me laisserai pas entraîner loin dans la mauvaise voie.

VALENTINE, gravement.

Ne quittez jamais la bonne!

GRANDILLON, stupéfait.

Ne jamais quitter Clotilde?

VALENTINE.

Eh! qui vous parle de Clotilde?

GRANDILLON, troublé.

Je croyais... que... (A part.) Sapristi! elle voulait parler du Conseil!

VALENTINE.

Pourquoi venez-vous fourrer Clotilde là-dedans?

GRANDILLON, reprenant son aplomb.

C'est un quiproquo!... Tu me dis : Ne quittez jamais la bonne!... Alors, j'ai cru que tu me conseillais de garder toujours Clotilde à notre service. (Riant forcément.) Ha! ha! ha!... c'est très drôle!... (A part.) Ouf! quelle bourde!

VALENTINE.

A quelle heure comptez-vous rentrer?

GRANDILLON.

Oh! très tard... c'est-à-dire... très tard demain matin... la séance sera orageuse... ça n'ira pas tout seul. (A part.) J'en ai peur.

VALENTINE, se souvenant.

Ah! une recommandation... En sortant, vous fermerez à double tour la petite porte du jardin.

GRANDILLON.

Sois tranquille... et dors bien.

VALENTINE, à part.

De cette façon, si M. Des Pluvières se présente, il en sera pour sa course.

GRANDILLON.

Allons, adieu, ma chérie. (Il l'embrasse.) Dors bien... et

surtout, ne m'attends pas. (Il prend son bougeoir. — A part.) C'est étonnant comme je deviens canaille!... Mais ça m'occupe.

Il sort par l'escalier de gauche. — Obscurité.

SCÈNE III

VALENTINE, puis CLOTILDE.

VALENTINE, seule.

Des Pluyières m'a dit : Si vous ne laissez pas ouverte la petite porte du jardin, je me tuerai sur le seuil!... Cela m'a troublée, je l'avoue, et j'ai eu la faiblesse de consentir; mais après réflexion...

CLOTILDE, sortant avec son bougeoir de la chambre de Valentine. — La scène s'éclaire.

Le feu est allumé dans la chambre de madame.

VALENTINE.

C'est bien.

CLOTILDE.

Bonne nuit, madame.

VALENTINE.

Bonsoir, Clotilde.

Elle sort par la porte du fond à droite.

SCÈNE IV

CLOTILDE, puis SUZANNE.

CLOTILDE, seule.

Elle est rentrée... faisons vite notre commission à mademoiselle.

Elle frappe doucement à la porte de Suzanne, au fond, à gauche.

5

SUZANNE, dans sa chambre.

Qui est là?

CLOTILDE.

C'est moi, Clotilde.

SUZANNE, ouvrant sa porte.

Que voulez-vous?

CLOTILDE, posant son bougeoir sur la plate-forme du divan.

Chut!... écoutez.

SUZANNE, entrant en élégant déshabillé.

Cet air mystérieux!...

CLOTILDE.

Le secrétaire de la sous-préfecture m'a remis ce billet pour vous.

Elle lui donne un billet.

SUZANNE, avec joie.

C'est de M. André!... (Elle ouvre le billet. — Clotilde remonte vers la chambre de Valentine, à la porte de laquelle elle écoute comme pour faire le guet. — Lisant.) « Votre père nous défend de » nous voir. Il faut prendre un parti énergique, ma chère » Suzanne. Tenez ouverte cette nuit la petite porte de » votre jardin. J'arriverai à onze heures, et nous pourrons » causer dans le jardin même. » (Se récriant.) Oh! cela, non, par exemple!

CLOTILDE, revenant vers elle.

Eh bien! mademoiselle est-elle satisfaite?

SUZANNE.

Merci, Clotilde; vous pouvez monter chez vous. Je rentre. Bonsoir.

CLOTILDE.

Bonne nuit, mademoiselle.

Suzanne se dirige vers la porte de sa chambre. — Clotilde sort avec son bougeoir par l'escalier de droite. — Obscurité. — Arrivée près de la porte de sa chambre, et sur le point d'y entrer, Suzanne s'arrête et écoute.

SUZANNE, seule.

Du bruit... dans le jardin... (Elle va à tâtons à la fenêtre, l'ouvre et regarde au dehors.) Qu'est-ce que cela peut être?... Une ombre se glisse entre les arbres... Serait-ce M. André qui aurait escaladé?... Oh ! je vais fermer à clef la porte d'en bas pour l'empêcher de monter.

> Elle s'est dirigée vers l'escalier de gauche, qui mène au rez-de-chaussée. — Caliste paraît au haut de cet escalier. — Ils vont tous deux à tâtons. — Suzanne, entendant marcher, s'arrête et écoute.

SCÈNE V

CALISTE, SUZANNE.

CALISTE, à lui-même.

Clotilde m'attend... c'est l'heure... J'ai laissé la clef qu'elle m'a donnée à la petite porte du jardin... Pourvu qu'elle ne me fasse pas une scène dramatique!... Enfin, je vais tâcher de l'amadouer.

SUZANNE, à part.

J'entends marcher... il est là.

> Tandis qu'ils marchent à tâtons dans l'obscurité, leurs mains se rencontrent.

TOUS DEUX.

Ah!

CALISTE, bas.

C'est vous ?... vous m'attendiez ?

SUZANNE, bas.

Je pensais que vous n'oseriez pas venir.

CALISTE.

Enfin, me voici... Si nous allions dans votre chambre?

SUZANNE.

Oh! non.

CALISTE, étonné.

Tiens !... (A part.) Elle fait des manières, ce soir.

SUZANNE.

Asseyons-nous là, sur le divan... (Elle le guide vers le divan. — Ils s'asseyent.) Et surtout, parlons bas. Voyons... quel parti énergique voulez-vous prendre ?... D'abord, moi, je suis toujours décidée à vous épouser.

CALISTE.

Ah !... (A part.) M'épouser ?... pas dégoûtée, Clotilde.

SUZANNE.

Et je vous promets de n'avoir jamais d'autre mari que vous.

CALISTE, avec ironie.

Merci !... (A part.) Voyez-vous cette promesse !...

SUZANNE.

J'ai déclaré ce soir à papa que je refusais absolument M. Caliste Dutilleul.

CALISTE, étonné.

Hein !... (A part.) Ce n'est pas Clotilde... c'est Suzanne !

SUZANNE.

Je n'ai d'ailleurs pas grand mérite à le refuser... Vous savez combien il a l'air désagréable et bête... eh bien ! il est encore plus bête et plus désagréable qu'il ne le paraît.

CALISTE.

Ah !... (A part.) Me voilà bien, moi !... Profitons au moins de sa méprise pour me réhabiliter. (Haut.) Cependant, on lui accorde quelque esprit, à M. Caliste.

SUZANNE.

A lui ?... c'est un sot... et un hypocrite par-dessus le marché.

CALISTE, à part, vexé.

Fâcheuse situation !...

On entend un bruit vers la droite.

SUZANNE, effrayée.

Oh! du bruit... on vient... descendez vite.

CALISTE.

Impossible!... dans l'obscurité... je dégringolerais... cachez-moi.

SUZANNE.

Tenez, là... dans le divan...

Caliste entre dans le divan, qu'il referme sur lui. — Suzanne s'est dirigée à tâtons vers sa chambre, où elle disparaît.

SCÈNE VI

CLOTILDE, puis DES PLUVIÈRES.

CLOTILDE, entrant par l'escalier de droite, avec son bougeoir. — La scène s'éclaire.

Il est onze heures, et Caliste n'arrive pas... Il sait pourtant bien où est ma chambre... (D'un ton menaçant.) Ah! s'il ne vient pas!... (Elle pose son bougeoir sur la plate-forme du divan.) Mais voyons par la fenêtre... j'ai besoin de tromper mon impatience. (Elle ouvre la fenêtre.) Oh! quelle nuit noire!... et comme il pleut!...

Elle regarde dans le jardin.

DES PLUVIÈRES, paraissant par l'escalier de gauche, à part.

La porte du jardin était ouverte... donc, Valentine m'attend. (Apercevant à la fenêtre Clotilde qui lui tourne le dos.) Oh! la petite bonne!... Si elle me voyait!...

Il souffle la bougie. — Obscurité.

CLOTILDE, se retournant.

Hein! c'est vous, Caliste?

DES PLUVIÈRES, à part.

Oh! elle me prend pour le petit Dutilleul... ne la détrompons pas. (Haut.) Oui.

CLOTILDE.

C'est vous qui avez éteint la bougie?

DES PLUVIÈRES.

Non... c'est le vent.

CLOTILDE.

Je n'ai pas d'allumettes pour la rallumer.

DES PLUVIÈRES, vivement.

Ne la rallumez pas!

CLOTILDE.

Vous vous êtes bien fait attendre, mon ami.

DES PLUVIÈRES.

Ah!

CLOTILDE.

Ingrat! si peu d'empressement, après tout ce que j'ai fait pour vous!...

DES PLUVIÈRES, à part.

Tiens! tiens!... il paraît que le jeune Caliste... Petit Tartuffe, va!

CLOTILDE.

Eh bien! vous ne m'avez pas encore embrassée!

DES PLUVIÈRES, à part.

Diable! il faut que... (Haut.) C'est que... je ne vous vois pas.

CLOTILDE, se rapprochant.

Je suis là... près de vous.

DES PLUVIÈRES.

Voilà.

Il l'embrasse.

CLOTILDE.

Oh! il est froid, ce baiser!... Voilà comme nous nous embrassions dans les premiers temps.

Elle l'embrasse avec force.

DES PLUVIÈRES, à part.

Elle embrasse bien.

CLOTILDE.

Tu sais... j'ai préparé un petit souper délicat dans ma chambre.

DES PLUVIÈRES, inquiet.

Un souper?

CLOTILDE.

As-tu faim, mon coco?

DES PLUVIÈRES, à part.

Son coco!... (Haut.) Mon Dieu... pas beaucoup, ma cocotte.

CLOTILDE.

Oh! l'appétit vient en mangeant... (Tendrement.) Embrasse-moi encore!

DES PLUVIÈRES, à part.

Elle va épuiser mon stock de tendresse!... (Haut.) Voilà!
Il l'embrasse fortement.

CLOTILDE, à part.

Allons, il m'aime toujours... Soyons adroite, et il n'épousera pas mademoiselle Suzanne. (Haut.) Il me manque un peu de dessert... allons chercher des poires dans le fruitier... tu les mettras dans tes poches.

DES PLUVIÈRES, à part.

Diable! diable! dans quelle aventure me suis-je fourré!...
(Haut.) Clotilde, moi, filouter les poires d'un ami!...

CLOTILDE.

Madame m'autorise à prendre tous les fruits dont j'ai besoin.(Allant à la porte du fruitier, à droite, premier plan.) C'est de ce côté... viens.
Elle prend Des Pluvières par la main et le guide.

DES PLUVIÈRES, à part.

Dans quelle aventure me suis-je fourré!
Clotilde et Des Pluvières entrent dans le fruitier.

SCÈNE VII

VALENTINE, puis ANDRÉ MOULINIER, puis CALISTE.

VALENTINE, entr'ouvrant la porte de sa chambre; elle est en robe
de chambre.

Me serais-je trompée?... (Elle entre.) Ne pouvant dormir,
je me suis mise à la fenêtre... et je viens d'entendre des
pas dans le jardin... (Elle s'avance vers l'escalier de gauche et écoute.)
Ah! on monte!... (Avec effroi.) Des Pluvières sans doute...
mon mari aura oublié de fermer la petite porte.

CALISTE, soulevant le siège du divan, à part.

Ouf!... on est mal, là-dedans!... Oh! j'entends marcher.

Il écoute.

ANDRÉ, paraissant au haut de l'escalier de gauche, et marchant à tâtons, à part.

Suzanne n'était pas dans le jardin... elle a pourtant bien
laissé la clef à la petite porte... Où peut-elle m'attendre?

VALENTINE, à part.

Ce n'est pas le pas de mon mari... c'est des Pluvières.
(Haut.) Monsieur?...

ANDRÉ.

Ah! vous êtes là... vous m'attendiez?

VALENTINE.

Comment êtes-vous entré?

ANDRÉ.

N'est-ce pas vous qui avez mis exprès la clef sur la petite
porte du jardin?

VALENTINE.

Mais non.

ANDRÉ.

Ah! je croyais...

VALENTINE, à part.

Mon mari l'aura oubliée... Quelle imprudence !

CALISTE, à part.

Pristi ! c'est la clef de Clotilde que j'ai laissée.

ANDRÉ, à Valentine.

Je l'ai même retirée par [prudence, après avoir bien fermé.

CALISTE, à part.

Diable ! comment ferai-je pour m'en aller ?

Il ferme le divan.

VALENTINE.

Monsieur, c'est très mal ce que vous faites là.

ANDRÉ.

Oui, c'est audacieux, mais quand on y est forcé... et qu'on a de bonnes intentions...

VALENTINE, avec ironie.

Oh! de bonnes intentions !...

ANDRÉ.

Mais on ne voit goutte ici... Si nous allumions une bougie.

VALENTINE.

Non, non !... gardons-nous en bien; cela pourait attirer l'attention de ma bonne et de ma belle-fille, qui viennent à peine de rentrer chez elles.

ANDRÉ, à part.

Sa belle-fille !... Diable ! c'est madame Grandillon !...

VALENTINE.

Je vous en prie, M. Des Pluvières, allez-vous-en bien vite.

ANDRÉ, stupéfait, à part.

Des Pluvières!...Elle me prend pour un autre...Oh!oh! oh! (Haut.) Je pars, madame, je pars. (Il s'éloigne à tâtons par l'es-

5.

calier de gauche. **A part.**) Heureusement, elle ne m'a pas re-connu.

Il sort.

VALENTINE, seule, se dirigeant vers sa chambre.

Enfin... je respire... rentrons !... Je vais pousser le ver-rou de ma chambre pour être plus tranquille.

Elle entre dans sa chambre; on entend le bruit du verrou qu'elle pousse.

SCÈNE VIII

CALISTE, puis CLOTILDE, puis ANDRÉ.

CALISTE, soulevant le siège du divan.

Plus personne!... je vais pouvoir sortir.

CLOTILDE, sortant du fruitier, à Des Pluvières hors de vue.

Venez.

Des Pluvières paraît.

CALISTE, à part.

Encore quelqu'un !...

Il referme le divan.

CLOTILDE, regardant à gauche où l'on voit poindre de la lumière.

On vient !...

Des Pluvières et Clotilde se rejettent dans le fruitier.

ANDRÉ, reparaissant. Il s'éclaire avec une allumette-bougie. La scène s'éclaire.

Madame Grandillon est rentrée chez elle...Ma foi, puis-que je suis ici, il faut absolument que je voie Suzanne... La bonne m'a dit que sa chambre était la première à gauche.

Il se dirige vers la chambre de Suzanne.

LA VOIX DE GRANDILLON.

Hum! hum!... quel temps !

ANDRÉ, épouvanté.

Oh! M. Grandillon qui monte!... je suis pris!... où me
cacher?... Ah! ici...

*Il court à la porte de la lingerie, à gauche, premier plan, et y
entre — Obscurité.*

SCÈNE IX

CALISTE, puis CLOTILDE, puis GRANDILLON,
puis SUZANNE.

CALISTE, soulevant le siège du divan.

Cette fois... je suis libre!

CLOTILDE, sortant du fruitier, à Des Pluvières hors de vue.

Personne... sortons.

CALISTE, à part, effrayé.

Oh!...

Il referme le divan.

CLOTILDE, regardant à gauche.

On vient!...

Des Pluvières et Clotilde rentrent vivement dans le fruitier.

GRANDILLON, entrant par l'escalier de gauche avec une petite lanterne sourde. Le col de son paletot est relevé. La scène s'é-
claire à moitié; il éternue.

Brr!... quel temps!... une petite pluie fine et froide... Je
suis glacé!... En attendant l'heure du berger, je suis entré pour la première fois de ma vie au café du *Cheval blanc*;
j'ai demandé quelque chose de montant, on m'a apporté
une bouteille de bière... Je ne puis pas la souffrir, mais
je l'ai bue tout entière... pour me donner du ton, et c'est
curieux... ça m'a produit l'effet contraire.

SUZANNE, entr'ouvrant la porte de sa chambre, à part.

Je voudrais bien savoir si M. André est toujours dans
le divan... (*Elle entre et aperçoit Grandillon*) Oh! papa!...

Elle rentre dans sa chambre.

GRANDILLON, qui ne l'a pas vue.

A dix heures, on nous a tous mis à la porte... on ferme
un peu trop tôt à Rivesec !... L'heure du pâtre n'était pas
encore sonnée... j'ai erré à travers les rues, dans la nuit
sombre, me cognant à tous les coins... avec la petite pluie
fine... et pas de réverbères... Ce qui m'inquiétait le plus,
c'étaient deux ombres noires qui me suivaient à distance,
avec une opiniâtreté... agaçante !.., j'avais une peur d'ê-
tre assassiné !... elles m'ont suivi jusqu'à la petite porte
du jardin... Je l'ai bien fermée à double tour !... Après
ça, c'étaient peut-être des gendarmes qui me prenaient pour
un malfaiteur allant à son travail !... Enfin !... la piquante
Clotilde va me payer de toutes mes peines... Je suis décidé aux plus grands sacrifices pour vaincre ses scrupu-
les... j'élèverai ses gages à trente-huit francs... Il se dirige
vers l'escalier de droite. A ce moment, la porte du fruitier s'ouvre
lentement. Sur le point de disparaître, Grandillon voit le mouvement
de cette porte.— Etonné.) Tiens !... cette porte !... (Il tire vivement la porte à lui et aperçoit Clotilde.) Clotilde !...

CLOTILDE, saisie.

Monsieur !...

Elle pousse la porte.

GRANDILLON.

Que faisiez-vous dans le fruitier à cette heure ?

CLOTILDE, troublée.

Mais... monsieur... je.., je...

GRANDILLON.

Vous vous troublez !

CALISTE, soulevant le siège du divan et les apercevant, à part.

Oh! encore... c'est donc une réunion publique !...

Il disparaît dans le divan.

GRANDILLON, sévèrement.

Parlez, Clotilde ! j'attends.

CLOTILDE, balbutiant.

Monsieur, je venais pour prendre quelques fruits...

GRANDILLON.

Clotilde, votre trouble n'est pas naturel... Madame vous a autorisée à manger des fruits toute la journée... moi-même je vous ai donné deux poires cette après-midi... vous ne me ferez donc pas croire que vous vous levez à minuit pour en manger encore... ce ne serait plus de la gourmandise, ce serait du somnambulisme!...

CLOTILDE.

Cependant, monsieur...

GRANDILLON.

Non... il y a autre chose... Ouvrez cette porte.

CLOTILDE.

Mais...

GRANDILLON, la faisant passer à sa droite.

Passez!... nous allons voir.

Il ouvre la porte du fruitier.

CLOTILDE, à part.

Au fait, tant mieux! il va voir Caliste... ça cassera le mariage.

GRANDILLON, regardant dans le fruitier avec sa lanterne.

Un homme!... Sortez, monsieur!

SCÈNE X

Les Mêmes, DES PLUVIÈRES.

DES PLUVIÈRES, paraissant tout penaud.

Mon cher ami...

GRANDILLON.

Des Pluvières!...

CLOTILDE, stupéfaite.

Oh!... ce n'était pas Caliste!

CALISTE, soulevant le siège du divan et apercevant Des Pluvières,
à part.

Un autre !... D'où sort-il donc ?...

Il referme le divan.

DES PLUVIÈRES, à Grandillon.

Ma présence vous étonne peut-être...

GRANDILLON.

Mais oui... passablement !... Venir chez moi à minuit
faire la cour à ma bonne...

DES PLUVIÈRES,

Je ne peux pourtant pas lui dire que je venais pour sa
femme.

GRANDILLON.

Voyons, expliquez-vous.

DES PLUVIÈRES, avec aplomb, à part.

Eh bien ! oui, j'aime votre bonne !

CLOTILDE, à part, étonnée.

Ah ! bah ! il m'aime !...

DES PLUVIÈRES.

C'est une jeune fille supérieure à sa condition... jolie,
intelligente... et ma foi, j'en suis devenu amoureux.

GRANDILLON, à Clotilde.

Et vous, Clotilde, vous partagez donc cette funeste
passion, puisque vous recevez cet homme... jusque dans
mon fruitier !

CLOTILDE.

Mais, monsieur, n'allez pas croire au moins... je suis
restée pure !

DES PLUVIÈRES.

Sur l'honneur !... nous n'avons fait que manger des
poires... (Vivement.) Je vous les paierai !

GRANDILLON, furieux.

Je l'espère bien !... En attendant, allez-vous-en !

DES PLUVIÈRES.

Oh ! tout de suite... Eclairez-moi un peu.

GRANDILLON.

Voilà !...

DES PLUVIÈRES, à part.

Quelle équipée... Ah ! si l'on m'y repince !...

Il sort par l'escalier de gauche.

SCÈNE XI

GRANDILLON, CLOTILDE.

GRANDILLON.

Malheureuse enfant !... vous si jeune et si gentille... vous en laisser conter par un homme... par un homme marié !...

CLOTILDE.

Monsieur, c'est le hasard qui a tout fait.

GRANDILLON, posant sa lanterne.

Reste pure, mon enfant, reste pure... et sois à moi !...

Il lui baise les mains.

CLOTILDE, se défendant.

Mais, monsieur, si madame vous entendait...

GRANDILLON.

Non... elle dort bien... et puis sa chambre est tout au fond du corridor. (Avec amour.) Ah ! Clotilde !...

Il lui prend la taille.

CLOTILDE.

Monsieur, laissez-moi !

Elle lui échappe.

GRANDILLON.

Clotilde, si tu veux être gentille, ta fortune est faite !...
(A part.)Tant pis! je porterai ses gages à cinquante francs !

CLOTILDE, s'éloignant.

Soyez raisonnable, monsieur... A votre âge !...

Elle est prête à sortir par l'escalier de droite.

GRANDILLON, la suivant.

Mon âge?... mais Clotilde, je vous assure...

CLOTILDE.

Ah ! ne me suivez pas, ou je crie au secours !

Elle sort.

SCÈNE XII

GRANDILLON, puis CALISTE, puis SUZANNE.

GRANDILLON, déconcerté.

Diable !... me voilà bien ! moi qui espérais... Où vais-je
passer la nuit à présent ?... Le conseil des nobles doit être
terminé... Et puis, les deux escogriffes qui m'attendent
peut-être à la porte pour me... (Il fait le geste de poignarder.)
Entrer chez ma femme?... Sapristi ! je lui ai dit que le
conseil ne finissait qu'au petit jour.... elle va me question-
ner, ça me troublera... je n'ai pas l'habitude de la tromper et alors... Ma foi ! je vais passer ici le reste de la nuit...
sur le divan... J'aurai le temps de me remettre et de lui
bâtir une petite histoire.

Au moment où il va fermer sa lanterne, le siège du divan se
soulève.

CALISTE, se montrant, à part.

Je n'entends plus rien... sortons !

GRANDILLON, poussant un cri.

Ah ! le divan a remué !

CALISTE, effrayé.

Oh!...

Il referme le divan.

GRANDILLON, très agité.

Il y a un homme là-dedans... Sortez, monsieur, sortez... que je vous tue !

SUZANNE, qui était aux écoutes sortant vivement de sa chambre.

Non!... ne le tuez pas !... c'est moi qui l'ai fait entrer là.

GRANDILLON, foudroyé.

Toi, malheureuse !... et qui est-ce donc ?

SUZANNE.

M. André Moulinier.

GRANDILLON, furieux.

Le sous-préfet!... (Ouvrant le divan.) Sortez, monsieur !

CALISTE, sortant du divan.

Ouf !

GRANDILLON et SUZANNE.

M. Caliste !

CALISTE, très embarrassé.

Mon Dieu... je... ma présence vous étonne peut-être...

GRANDILLON.

Que faisiez-vous là-dedans, monsieur ?

CALISTE.

Pas grand'chose. (Bas, à Grandillon.) J'écoutais... (Lui rappelant sa phrase.) Clotilde, si tu veux être gentille, ta fortune est faite.

GRANDILLON, à part.

Le gueux... il me tient.

SUZANNE, à Caliste.

Mais enfin, monsieur, qu'êtes-vous venu faire ici à une heure si extraordinaire ?

CALISTE, à part.

Soyons adroit. (Haut.) Mademoiselle, pardonnez-moi; égaré par la passion, j'ai osé m'introduire au risque de vous compromettre... mais je suis prêt à vous épouser !

SUZANNE.

M'épouser !...

GRANDILLON.

Dame ! tu es compromise... tu l'épouseras.

CALISTE, à part.

Je les tiens tous les deux.

SCÈNE XIII

LES Mêmes, DES PLUVIÈRES, puis UN BRIGADIER DE GENDARMERIE.

DES PLUVIÈRES, rentrant par la gauche, tout effaré.

Ah !... oh !... quelle aventure !...

Il tombe assis sur le divan.

LES AUTRES.

M. Des Pluvières !...

GRANDILLON.

Qu'avez-vous ?

DES PLUVIÈRES, d'une voix étranglée.

Un drame !... Quand j'ai voulu sortir, j'ai trouvé la porte du jardin fermée...

GRANDILLON.

Tiens ! j'ai oublié de vous donner la clef.

DES PLUVIÈRES.

Alors, j'ai escaladé le mur... mais au moment où j'al

lais sauter de l'autre côté, deux ombres sinistres se sont approchées et l'une d'elles s'est écriée : Nous le tenons !

Il se lève.

GRANDILLON, à part.

Mes deux escogriffes !

DES PLUVIÈRES, dramatique.

Et je vois luire dans les ténèbres la froide lame d'un immense sabre !

GRANDILLON, à part.

C'étaient des gendarmes !

DES PLUVIÈRES.

Je n'ai eu que le temps de sauter dans le jardin... Ils m'ont pris pour un voleur !... J'en tremble encore.

UN BRIGADIER DE GENDARMERIE, entrant par l'escalier de gauche : il est en képi.

Pardon, la compagnie...

TOUS, à part.

Le gendarme !

LE BRIGADIER.

Monsieur Grandillon, il y a un voleur chez vous.

GRANDILLON.

Un voleur... vous voulez rire, brigadier.

LE BRIGADIER.

Je l'ai vu comme je vous vois... un homme de mauvaise mine que je guette depuis deux heures.

GRANDILLON, à part.

Evitons le scandale. (Haut.) Brigadier, vous vous trompez... Il n'y a ici que M. Des Pluvières, qui est venu faire un peu de musique, et M. Caliste Dutilleul, mon futur gendre, qui est venu nous rendre visite... dans le coffre à bois... (Se reprenant.) dans la soirée.

LE BRIGADIER.

N'importe... je vous dis que j'ai vu un voleur escalader.

On entend un bruit dans la lingerie, à gauche, premier plan.

GRANDILLON.

Ah! il est là !... (Ouvrant la porte de la lingerie.) Sortez, mon gaillard !

André paraît.

SCÈNE XIV

LES MÊMES, ANDRÉ MOULINIER.

TOUS, sauf Suzanne.

Le sous-préfet !

SUZANNE.

M. André !

LE BRIGADIER, à André.

Je le regrette, mais je ne connais que mon devoir.

Il lui met la main sur l'épaule.

GRANDILLON.

Brigadier, vous avez raison !... (A part.) Je fais coffrer l'autorité.

ACTE QUATRIÈME

Un salon chez Grandillon. — Porte au fond; portes latérales. — Canapé, fauteuils, etc. — A droite, une table recouverte d'un grand tapis. — Un secrétaire à gauche.

SCÈNE PREMIÈRE

CLOTILDE, puis MADEMOISELLE DUTILLEUL.

CLOTILDE, rangeant le salon.

Quelle aventure, mon Dieu !... M. Des Pluvières qui est amoureux de moi et qui s'introduit ici la nuit pour me parler !... mais je préfère mon petit Caliste... Et puis, M. Des Pluvières est marié !

MADEMOISELLE DUTILLEUL, entrant par le fond avec un air de mystère.

Clotilde !... chut !

CLOTILDE, à part.

Tiens, la tante !... la vieille drogue !

MADEMOISELLE DUTILLEUL, avec volubilité.

Je viens avant que vos maîtres soient levés pour vous demander quelques petits renseignements. Il paraît qu'il s'en est passé de belles cette nuit, ici !

CLOTILDE, à part.

Bon... je la vois venir... des cancans pour ses intrigues !

MADEMOISELLE DUTILLEUL.

Tenez, voici un franc. On dit qu'il s'agit d'un amant?

CLOTILDE.

Ça... je l'ignore.

MADEMOISELLE DUTILLEUL.

Tenez, voici un autre franc. Est-il vrai qu'on ait trouvé M. Des Pluvières dans la maison à une heure du matin?

CLOTILDE.

Je ne sais pas.

MADEMOISELLE DUTILLEUL.

Voici encore un franc... ça fait trois. Que venait-il faire?

CLOTILDE, s'oubliant.

Ah! ça, je n'en sais rien, par exemple !

MADEMOISELLE DUTILLEUL, vivement.

Vous voyez bien! il est venu!... (Avec joie.) Une intrigue!... bon à savoir!... Voyons, parlez encore.

CLOTILDE.

Mais c'est vous qui parlez tout le temps.

MADEMOISELLE DUTILLEUL, lui donnant une autre pièce.

Voici quatre francs.

CLOTILDE.

Non... c'est un franc.

MADEMOISELLE DUTILLEUL.

Et trois que je vous ai déjà donnés, ça fait quatre!... Et le sous-préfet? on dit qu'il est venu aussi!

CLOTILDE, interloquée.

Mais...

MADEMOISELLE DUTILLEUL, avec joie.

Il est venu! ça fait cinq!... c'est-à-dire... enfin, n'importe!... (Se frottant les mains.) Quelle aubaine!... je tiens les Grandillon!... Ah! s'ils ne marchent pas à ma guise!... Merci, Clotilde! Tenez, voici encore... (Se ravisant.) Non, c'est inutile : je sais tout ce que je veux savoir... Quelle aubaine! quelle aubaine!

Elle sort par le fond.

SCÈNE II

CLOTILDE, puis GRANDILLON.

CLOTILDE, seule, la regardant sortir.

Tu as beau te frotter les mains, ton neveu n'épousera pas Suzanne; c'est moi qui te le dis!

GRANDILLON, entrant de droite en s'étirant.

Ha! brr!... j'ai mal dormi. (Apercevant Clotilde, à part.) Clotilde! Soyons digne.

CLOTILDE, lui tendant une lettre.

Monsieur, voici une lettre que la bonne de M. Des Pluvières a apportée pour monsieur.

GRANDILLON, la prenant.

C'est bien. (Avec dignité.) Mademoiselle, je vous ai surprise cette nuit, chez moi, cueillant des fruits avec un de mes amis; la morale me fait un devoir...

CLOTILDE.

De ne rien dire!... Je vous ai vu aussi, moi, au milieu de la nuit, essayant de m'en conter... et je ne dirai rien. J'engage monsieur à faire comme moi!

GRANDILLON.

C'est bien... Allez!

Elle sort par la droite.

SCÈNE III

GRANDILLON, puis VALENTINE, puis ANDRÉ.

GRANDILLON, déconcerté.

Voilà!... je suis à la merci de ma bonne!... Voilà ce que c'est que de n'avoir rien à faire... que regarder mûrir ses poires! (Ouvrant la lettre.) Voyons ce que m'écrit Des Pluvières... sans doute des excuses pour sa frasque de cette nuit. (Lisant.) « Vieux polisson!... » (Étonné.) Tiens!... (Lisant.) « Je sais tout! ma femme m'a tout dit. Vous lui » faites la cour depuis trois mois. Elle est compromise, » quoique innocente, et je suis, moi, la risée du quartier. » Je vais avoir l'honneur de vous tuer. Attendez-moi. » (Avec effroi.) Saprelotte!... je suis perdu!... il est très violent!... il va venir... je suis perdu!... Oh! mais je me défendrai!... (Ouvrant un tiroir de son secrétaire.) J'ai là deux revolvers... pas chargés... (Il prend les deux revolvers.) Mais ça suffit pour la défensive.

VALENTINE, en déshabillé du matin, entrant de gauche.

Ah! vous voilà, mon ami?

GRANDILLON.

Bonjour...
Il va pour l'embrasser en tenant machinalement ses revolvers en avant.

VALENTINE, poussant un cri.

Ah!...

GRANDILLON.

Oh! pardon... ce sont les armes que j'avais cette nuit pour sortir.
Il met les revolvers dans les poches de son veston.

VALENTINE.

A quelle heure êtes-vous rentré?

GRANDILLON, un peu embarrassé.

Très tard... à six heures du matin.

VALENTINE.

Les choses se sont bien passées au conseil?... avez-vous beaucoup parlé?

GRANDILLON, avec aplomb.

Beaucoup !... on m'a fort applaudi. (A part.) Comme je mens !

ANDRÉ, entrant par le fond.

Monsieur Grandillon?

GRANDILLON, bondissant.

Lui !...

Il se retourne vivement en braquant sur André ses revolvers.

ANDRÉ, effrayé.

Ah !...

Il se cache derrière la table.

GRANDILLON, confus.

Pardon... je vous prenais pour un autre.

Il remet les revolvers dans ses poches.

VALENTINE, étonnée.

Pour qui?

GRANDILLON.

Je te dirai tout... plus tard... l'année prochaine. (A André.) Ah çà! vous n'êtes donc pas en prison, vous?

ANDRÉ.

Il paraît.

VALENTINE, étonnée.

En prison... pourquoi?

GRANDILLON.

Parce que... (A part.) Diable! je ne peux pas lui dire... elle croit que j'étais au conseil... (Haut.) Je te dirai tout plus tard... l'année prochaine. (Bas à André.) Pas un mot devant ma femme... elle ignore tout.

6

ANDRÉ, d'un air grave.

Monsieur Grandillon, vous m'êtes signalé par un rapport de police comme faisant partie d'une réunion...

GRANDILLON, fièrement.

Le conseil des nobles! oui, monsieur! je suis l'un des
membres les plus... parlants de cette société.

ANDRÉ.

Très bien!... Vous avez assisté à la séance d'hier soir?

GRANDILLON.

Mais... oui, monsieur. (A part.) Je ne peux plus dire le
contraire devant ma femme.

ANDRÉ.

Ce conseil est un véritable nid de conspirateurs...

VALENTINE, effrayée.

Ah! mon Dieu!

ANDRÉ.

Or, mon devoir est de faire diriger des poursuites contre ceux qui complotent contre la sûreté de l'État.

VALENTINE, à Grandillon.

Vous avez comploté?

GRANDILLON, effaré.

Moi?...

ANDRÉ.

J'ai le regret de vous informer que n'étant ni votre ami,
(Appuyant.) ni votre gendre... je vous poursuivrai comme
les autres.

GRANDILLON.

Saprelotte!

VALENTINE.

Mais, monsieur, mon mari n'a rien d'un conspirateur...
Regardez-le.

ANDRÉ.

Mon Dieu, madame, il y a eu des conspirateurs qui on passé leur vie dans les cachots... (Mouvement de Grandillon. et dont l'allure était tout aussi débonnaire que celle de monsieur.

GRANDILLON, à part.

Les cachots!... (Avec amabilité.) Voyons, mon cher sous-préfet, mon cher compatriote... car vous êtes Parisien aussi, vous!...

ANDRÉ.

Oui... c'est même pour cela que vous m'avez repoussé.

GRANDILLON, à part.

Aïe!... (Haut.) Donnez-vous la peine de vous asseoir. (Ils s'asseyent.) Pourrait-on vous offrir quelque chose?

ANDRÉ.

Parfaitement.

GRANDILLON, empress

Quoi? mon cher sous-préfet, quoi?

ANDRÉ.

La main de votre fille.

GRANDILLON, déconcerté.

De ma fille?... C'est impossible... je l'ai promise.

ANDRÉ.

Je continue donc mon interrogatoire. Qu'avez-vous fait à la réunion de cette nuit?... Vous avez parlé?

GRANDILLON, troublé.

Oh! si peu...

VALENTINE.

Ce qu'il a dit et rien, c'est la même chose... Je le connais si bien!

GRANDILLON, à part.

Très adroite, ma femme! (A André.) D'ailleurs, vous sa-

vez que je suis un libéral, moi, un vieux libéral de l'école
de Napoléon I$_{er}$!

ANDRÉ.

Bien! mais d'autres ont parlé... Qu'ont-ils dit?

GRANDILLON.

Ce qu'ils ont dit?... (A part, frappé d'une idée.) Oh!... je
vais charger les autres, ça me dégagera. (Haut.) On a dit...
(Il cherche ses phrases.) On a dit... (Déclamant.) Oui, messieurs,
nous vivons sous un régime de fer! il est temps que cela
finisse!... Et tout le monde a crié : il n'est que temps!...
L'un de nous, le plus enragé, a même ajouté : A bas...

Il finit la phrase à l'oreille d'André.

ANDRÉ.

Oh! oh! c'est grave.

GRANDILLON, bas, à Valentine.

Ça ne compromet personne, et ça me dégage.

ANDRÉ.

Et qui a proféré ce cri séditieux?

GRANDILLON.

Oh! ça!... mon cher sous-préfet... je ne vous le dirai
pas... (A part.) Et pour cause.

ANDRÉ.

Vous avez dit le plus enragé... c'est le comte de Chambouvin!

GRANDILLON, protestant.

Permettez!...

ANDRÉ.

Qui est-ce, alors?... Serait-ce vous?... Ah! vous pâlissez :
c'est vous!

GRANDILLON, vivement.

Non, non... c'est Chambouvin!... (A part.) Ma foi, tant
pis... je me dégage!

SCÈNE IV

LES MÊMES, LE COMTE DE CHAMBOUVIN.

CHAMBOUVIN, entrant du fond.

Monsieur Grandillon?

GRANDILLON, bondissant.

Des Pluvières!...

Il se retourne et braque ses revolvers sur Chambouvin.

CHAMBOUVIN, épouvanté, poussant un cri.

Ah!...

Il se jette derrière un meuble.

ANDRÉ et VALENTINE, stupéfaits.

Mais qu'a-t-il donc?

GRANDILLON, à Chambouvin.

Oh! pardon, mon cher Chambouvin, je vous prenais pour un autre.

Il remet les revolvers dans ses poches.

CHAMBOUVIN.

Vous m'avez fait une peur... (Saluant Valentine.) Madame... (Saluant André très froidement.) Monsieur...

ANDRÉ, à part.

Toujours impertinent, toi... attends un peu!... (A Chambouvin.) Monsieur, j'ai l'honneur de vous prévenir que vous allez être poursuivi pour le discours séditieux que vous avez prononcé cette nuit au conseil dit des nobles.

CHAMBOUVIN, inquiet.

Poursuivi, moi?

GRANDILLON, bas, à Valentine.

Diable! diable!

6.

ANDRÉ.

On m'a communiqué le texte de votre discours .. Vous avez dit : Oui, messieurs, nous vivons sous un régime de fer! il est temps que cela finisse!... Et vous avez crié : A bas...

Il finit la phrase à l'oreille de Chambouvin.

CHAMBOUVIN, atterré.

Ah! on m'a trahi!

ANDRÉ.

Vous avouez donc!

CHAMBOUVIN.

Oui... c'est à peu près ce que j'ai dit.

GRANDILLON, à part.

Tiens! j'ai deviné son discours!

CHAMBOUVIN, à André.

Le traître, monsieur? le nom du traître? que je le tue!

GRANDILLON et VALENTINE, à part, effrayés.

Oh!...

ANDRÉ.

Je vous le dirai demain... (Lançant un regard à Grandillon.) Si je ne suis pas satisfait de l'explication définitive que je veux avoir avec lui. (Saluant.) Madame... messieurs... (A part.) Allons, allons, j'épouserai Suzanne!...

Il sort par le fond.

SCÈNE V

CHAMBOUVIN, GRANDILLON, VALENTINE.

CHAMBOUVIN, éclatant.

Trahi!... Grandillon, vous m'aiderez à trouver le misérable, n'est-ce pas?...

GRANDILLON, troublé.

Oui.... non... si!

CHAMBOUVIN.

C'est qu'il a répété textuellement mon discours, le drôle!

Il marche avec agitation.

GRANDILLON, bas, à Valentine.

Et dire que je ne l'ai pas entendu! je n'y étais pas.

VALENTINE, bas, et très étonnée.

Où avez-vous donc passé la nuit?

GRANDILLON, à part!

Pristi! je me trahis moi-même, à présent!

CHAMBOUVIN.

Avouez qu'il y a des gens bien infâmes!

GRANDILLON, très troublé.

Oui... non... si!

CHAMBOUVIN, s'exaltant.

Poursuivi!... la prison!... Moi en prison, jamais!... plutôt la mort!... Prêtez-moi un de vos revolvers.

GRANDILLON, machinalement.

Voilà.

Il lui en donne un.

VALENTINE, bas, à Grandillon.

Vous êtes fou!

GRANDILLON, vivement.

Chambouvin, rendez-moi ça!

CHAMBOUVIN, le lui rendant.

Tenez!... Mourir ne vaut rien... L'exil, voilà mon affaire... Quand je reviendrai, on me nommera député.

VALENTINE, bas, à Grandillon.

Et vos cinquante mille francs!

GRANDILLON, bas.

Oui... (A Chambouvin.) Avant de partir...

CHAMBOUVIN.

Je sais : les cinquante mille francs que vous m'avez prêtés ? Les voici. (Il sort de sa poche une liasse de billets de banque.) Ayant renoncé pour le moment à faire agrandir mon usine, je vous les rapportais.

GRANDILLON, avec joie.

Ah !...

Il avance la main pour les prendre.

CHAMBOUVIN.

Mais je les garde.

Il les remet dans sa poche.

VALENTINE, étonnée.

Comment ! monsieur...

CHAMBOUVIN.

Il faut bien que je puisse vivre en exil !... Prenez-vous en au gredin qui m'a dénoncé... recherchez-le... et vengez-vous sur lui, car sans lui je vous remboursais.

GRANDILLON, à part.

Et ne pouvoir rien dire : je l'ai trahi !

CHAMBOUVIN.

Mais je suis un honnête homme ; je vous laisse ma tuilerie en paiement... Elle m'a coûté soixante mille francs.

GRANDILLON.

Je la vendrai !

CHAMBOUVIN.

Si vous le pouvez, faites. Il y a dix ans que je cherche un acquéreur... il fallait une occasion comme celle-ci pour m'en débarrasser !

VALENTINE, à Grandillon.

Vous voilà bien !

GRANDILLON, navré.

Quelle tuile sur la tête !...

VALENTINE.

Ce n'est pas une tuile, c'est une tuilerie tout entière.

CHAMBOUVIN, noblement.

Grandillon ! rendez-moi au moins la justice de reconnaître que j'ai tout fait pour vous empêcher de me prêter cet argent.

GRANDILLON, gémissant.

C'est vrai.

VALENTINE, à Grandillon, avec ironie.

Eh bien ! vous êtes adroit, vous !

CHAMBOUVIN.

Adieu, Grandillon !... En m'exilant, j'espère emporter votre estime.

GRANDILLON, vexé.

Si vous ne m'emportiez que ça !...

CHAMBOUVIN.

Vous êtes dur, monsieur !... (Il va pour sortir, puis revient.) Ah !... avant de partir, je vous renouvelle mon conseil : Ne prêtez jamais d'argent à personne dans le pays !

Il sort par le fond.

GRANDILLON.

Oh ! la province ! les provinciaux !

VALENTINE, ne se contenant plus.

Vous vous êtes absenté cette nuit !... vous n'avez [pas été au conseil... Qu'avez-vous fait ?

GRANDILLON, tremblant.

Je te dirai cela... plus tard... l'année prochaine.

VALENTINE.

Je comprends tout... vous avez une intrigue !... un homme de votre âge !... Ah ! pouah !... ah ! pouah !...

Elle sort par la gauche.

SCÈNE VI

GRANDILLON, puis CLOTILDE.

GRANDILLON, désespéré.

Me voilà brouillé avec ma femme! (Il tombe sur un siège.)
Et Des Pluvières qui va venir!

CLOTILDE, entrant de droite, à part.

Il est seul... bon. (Haut.) Monsieur?

GRANDILLON, se levant.

Hein! quoi?

CLOTILDE.

Je désirerais avoir un petit entretien avec monsieur.

GRANDILLON, à part.

Est-ce que maintenant elle consentirait... (Haut.) Ma
fille, je ne suis pas disposé du tout en ce moment.

CLOTILDE.

C'est très sérieux, monsieur; il s'agit de M. Caliste.

GRANDILLON.

Le fiancé de Suzanne?

CLOTILDE.

Vous êtes décidé à lui accorder la main...

GRANDILLON.

Il le faut bien... (A part.) puisqu'elle est compromise.

CLOTILDE, avec force.

Monsieur, ne faites pas ce mariage!

GRANDILLON, étonné.

Pourquoi?

CLOTILDE.

Parce que mademoiselle Dutilleul et son neveu n'en veulent qu'à votre fortune.

GRANDILLON.

Comment le savez-vous?

CLOTILDE.

Quand j'étais à leur service, j'ai entendu bien des choses... en écoutant.

GRANDILLON.

Quoi donc?

CLOTILDE.

Un soir, la tante disait au neveu : Le papa... on parlait de vous... le papa est riche, et comme il n'est pas malin, nous en ferons ce que nous voudrons.

GRANDILLON, vexé.

Pas malin!... Et que répondait le neveu?

CLOTILDE.

Je n'ose pas le répéter à monsieur?

GRANDILLON.

Allez... je vous y autorise.

CLOTILDE.

Oui, disait le neveu; c'est un imbécile... je me charge de lui.

GRANDILLON, indigné.

Un imbécile!... il a dit cela, ce petit garçon si doux et si aimable!

CLOTILDE.

Un hypocrite, monsieur!

GRANDILLON.

Un Tartuffe, lui?... je ne peux pas le croire! Il me faudrait des preuves de tout cela.

CLOTILDE, remontant.

Enfin, vous voilà prévenu, monsieur... J'ai fait mon devoir... (Elle ouvre la porte du fond pour sortir et revient vivement.) Oh ! le voici !

GRANDILLON, illuminé.

Une idée !... il me prend pour un Orgon, faisons comme Orgon... (A Clotilde.) J'écoute sous la table... faites-le parler.

Il se glisse sous la table. — Le tapis le cache entièrement.

SCÈNE VII

GRANDILLON, CLOTILDE, CALISTE.

CLOTILDE, à elle-même.

Ah ! ah ! nous allons voir !

CALISTE, entrant par le fond, un bouquet à la main. — A part.

Oh ! Clotilde !...

Il cache son bouquet.

CLOTILDE.

Ne le cachez pas... je l'ai vu.

CALISTE.

Ah ! c'est différent.

CLOTILDE.

Alors, c'est bien décidé, vous épousez mademoiselle Suzanne ?

CALISTE.

Il le faut, Clotilde ; ce mariage est indispensable... nous n'y pouvons rien. (Bas.) Mais soyez tranquille ; je serai gentil.

CLOTILDE, à part.

Faisons-le jaser sur le compte de monsieur... (Haut.) Allons, puisqu'il le faut... inclinons-nous.

CALISTE.

A la bonne heure! (A part.) Elle est calmée.

CLOTILDE, d'un air malin.

Dites donc, une fois marié, vous allez les faire sauter les écus du papa, hein!

CALISTE, étonné.

Mais... permettez...

CLOTILDE.

Car, entre nous, il n'est pas malin le beau-père...

CALISTE, à part.

Tiens! pourquoi me dit-elle ça?... Méfions-nous. (Haut.) Comment, pas malin!

CLOTILDE.

Oui... vous l'avez dit souvent, d'ailleurs.

CALISTE.

Moi?... (Avec dignité.) Jamais je n'ai dit cela.

GRANDILLON, sous la table, à part.

A la bonne heure!

CLOTILDE, à part.

Il se méfie... En avant les grands moyens!... (Haut.) Vous me permettrez bien de vous faire mon cadeau de noces?

CALISTE.

Vous, Clotilde?

CLOTILDE, sortant un petit couteau de sa poche.

Ce petit couteau. Comment le trouvez-vous?

CALISTE, ravi.

Charmant!... Ah! Clotilde, tant de délicatesse...

7

CLOTILDE.

Il vous plaît?

CALISTE.

Beaucoup.

CLOTILDE, l'ouvrant, avec force.

Eh bien! je vais te le donner... dans l'estomac! dzing!

CALISTE, effrayé.

Hein!

CLOTILDE.

Si tu épouses mademoiselle Suzanne, je te poignarde!

CALISTE.

Mais ma tante ne voudra jamais que je t'épouse, toi!

CLOTILDE.

Nous attendrons!... Mais moi vivante, vous n'en épou-
serez pas d'autre! Est-ce compris?

CALISTE, tremblant.

Parfaitement. (A part.) Poignardé!... j'aime mieux re-
noncer à Suzanne.

Mademoiselle Dutilleul paraît au fond.

CLOTILDE, bas, à Caliste.

Voici votre tante... Annoncez-lui la rupture... vivement!

Elle sort par la droite.

SCÈNE VIII

GRANDILLON, caché, MADEMOISELLE DUTILLEUL,
CALISTE.

MADEMOISELLE DUTILLEUL, irritée.

Comment! chaque fois que j'arrive ici pour avancer tes
affaires, je te trouve avec cette fille!

CALISTE, sérieux.

Ma tante, j'ai le regret de vous annoncer que je renonce au mariage.

MADEMOISELLE DUTILLEUL, stupéfaite.

Tu deviens fou !

CALISTE.

Non... mais décidément, je n'aime pas mademoiselle Grandillon.

MADEMOISELLE DUTILLEUL.

Imbécile ! qu'est-ce que cela fait ?

CALISTE.

Cela fait qu'elle me déplaît. Je la trouve prétentieuse, gauche, ridicule.

MADEMOISELLE DUTILLEUL.

Eh ! qu'importe !... Son père est riche, et comme il n'est pas malin, nous en ferons ce que nous voudrons.

GRANDILLON, sous la table, à part.

Cette fois, c'est bien ça !

Il disparaît.

CALISTE.

Ma tante, n'insistez pas.

MADEMOISELLE DUTILLEUL.

Mon enfant, écoute bien. (D'un ton légèrement pleurard.) Nous ne sommes pas riches, bien que nous passions pour l'être... J'ai beaucoup dépensé pour t'élever, et maintenant que je suis vieille, il me manque quelques petites douceurs que je voudrais bien m'offrir, et si tu épousais Suzanne, tu pourrais me les assurer. Ainsi, j'adore le chocolat le matin... Eh bien ! il faut que je m'en prive... (Pleurant.) C'est bien pénible, à mon âge, de se priver de chocolat !

CALISTE, ému.

Pauvre tante ! pas de chocolat !... (Apercevant Clotilde qui vient d'ouvrir la porte de droite et lui fait un geste menaçant. — À part.) Oh! Clotilde!... le couteau!...

MADEMOISELLE DUTILLEUL.

Eh bien?

CALISTE.

Je refuse... net!

MADEMOISELLE DUTILLEUL.

Mais tu me fais perdre le fruit de six mois de patience et de ruses. Au moment où tu n'as plus qu'à tendre la main à la fortune, tu refuses d'allonger le bras?

Même jeu de Clotilde.

CALISTE, résolument.

Je refuse.

MADEMOISELLE DUTILLEUL.

Je t'ordonne, entends-tu bien, je t'ordonne d'épouser Suzanne!

CALISTE, se révoltant.

Ah! permettez!... Vous n'êtes pas ma mère pour me parler ainsi!

MADEMOISELLE DUTILLEUL, s'oubliant dans son emportement.

Eh!... qu'en sais-tu?

CALISTE, stupéfait.

Quoi!... vous seriez?...

MADEMOISELLE DUTILLEUL, à part.

Oh! qu'ai-je dit?...

GRANDILLON, sous la table, montrant sa tête.

Mon compliment, mademoiselle!

MADEMOISELLE DUTILLEUL et CALISTE, stupéfaits.

Monsieur Grandillon!

GRANDILLON, se relevant.

Moi-même!... Je cherchais une épingle sous la table; je ne l'ai pas trouvée, mais je n'ai pas tout à fait perdu ma peine. (Avec éclat.) Ah! ah! il paraît que vous avez besoin de redorer votre blason, vertueuse demoiselle, et vous voulez pour cela fourrer votre bâtard dans ma famille!... (Mademoiselle Dutilleul et Caliste, anéantis, se laissent tomber sur des sièges.) Ah! ah! il paraît que je ne suis pas malin, et que vous allez me mener par le nez comme Tartuffe menait Orgon!... Mais quand on veut jouer dans la vie ce grand rôle du répertoire, vertueuse demoiselle, on doit se méfier des tables recouvertes d'un tapis! Les tables et les tapis, voyez-vous, c'est très dangereux pour les Tartuffes!... Allons, debout! et qu'on vide la place!

Mademoiselle Dutilleul et Caliste se lèvent. — Valentine et Suzanne viennent de paraître à gauche; Clotilde entre de droite.

SCÈNE IX

LES MÊMES, SUZANNE, VALENTINE, CLOTILDE.

VALENTINE.

Que se passe-t-il donc?

GRANDILLON.

Le mariage est rompu.

SUZANNE.

Ah! quel bonheur!

CLOTILDE, à part.

J'ai réussi.

MADEMOISELLE DUTILLEUL.

Nous sortons!... mais avant de vous quitter, je tiens à vous dire que j'en ai appris long sur votre compte. Ce soir, toute la ville saura ce qui s'est passé chez vous la nuit dernière; il vous faudra quitter le pays... Adieu!

CALISTE, fièrement.

Adieu!...

Les Dutilleul sortent en relevant la tête.

SCÈNE X

GRANDILLON, VALENTINE, SUZANNE, CLOTILDE, puis DES PLUVIÈRES, ANDRÉ.

GRANDILLON.

Oh! la vie de province!... et Des Pluvières qui va venir pour me tuer!

DES PLUVIÈRES, entrant par le fond, suivi d'André.

Monsieur Grandillon!...

GRANDILLON, épouvanté.

Le voilà!... (Il passe derrière la table et dirige ses revolvers sur Des Pluvières.) N'approchez pas!

DES PLUVIÈRES, effrayé.

N'ayez pas peur!... Monsieur Grandillon, vous faites la cour à ma femme depuis trois mois!... Nous nous battrons!

VALENTINE, indignée.

C'est pour cela que vous provoquez mon mari?... Vous faites bien la cour à la sienne, vous!

GRANDILLON.

Ah! bah!... (S'avançant.) Oh! les provinciaux!... Vous avez fait la cour à ma femme?

DES PLUVIÈRES, décontenancé.

Mais...

VALENTINE.

Depuis quatre mois...

GRANDILLON.

Alors, nous sommes quittes! qu'est-ce que vous réclamez?

DES PLUVIÈRES.

Je réclame... je réclame... (Avec colère.) Tout le monde dans le quartier croit que vous êtes l'amant de ma femme !...

GRANDILLON.

C'est faux.

DES PLUVIÈRES.

Je le sais bien !... Je ne suis pas un mari trompé... mais dans ces petites villes, pour un oui, pour un non, tout le pays croit que vous l'êtes... Tandis qu'à Paris on a l'avantage de pouvoir l'être réellement sans que personne le sache !... Ah ! tenez, je retourne à Paris !...

GRANDILLON.

Attendez-nous... Nous y retournerons ensemble.

DES PLUVIÈRES.

Avec plaisir.

CLOTILDE.

Moi, je reste. (A part.) Je serai madame Dutilleul.

ANDRÉ, s'avançant.

Monsieur Grandillon, j'ai l'honneur de vous demander pour la troisième fois...

GRANDILLON.

La main de ma fille à un sous-préfet ! à un provincial !... jamais !

ANDRÉ.

Je ne suis plus sous-préfet... je suis dégommé. Le gendarme qui m'a arrêté hier a fait son rapport, qui est remonté jusqu'au préfet... Voici la dépêche par laquelle il m'annonce ma destitution. (Il montre une dépêche.) Inutile de vous dire que vous ne serez pas poursuivi.

GRANDILLON.

Alors, vous êtes mon gendre.

SUZANNE, joyeuse.

Ah! enfin!...

GRANDILLON, à André.

Dites donc... Si vous entendez parler d'une maison de blanc à vendre, avertissez-moi.

DES PLUVIÈRES.

Vous voulez travailler encore?

GRANDILLON.

Oui... c'est trop dangereux de n'avoir rien à faire... que regarder mûrir ses poires!... Et puis, voyez-vous, la vie de province n'est possible qu'à Paris!

FIN

IMPRIMERIE GÉNÉRALE DE CHATILLON-SUR-SEINE. — A. PICHAT.

www.ingramcontent.com/pod-product-compliance
Lightning Source LLC
Chambersburg PA
CBHW060825250626
47162CB00005B/1945